스와질란드에서
분필을 들다

스와질란드에서 분필을 들다

2016년 12월 27일 초판 1쇄 인쇄 ㅣ 2017년 01월 02일 1쇄 발행

지은이 · 안태수

펴낸이 · 김양수

디자인 · 이정은

교정교열 · 염빛나리

펴낸곳 · 휴앤스토리 ㅣ 출판등록 · 제2016-000014

주소 · (우 10387) 경기도 고양시 일산서구 중앙로 1456(주엽동) 서현프라자 604호

전화 · 031-906-5006 ㅣ 팩스 · 031-906-5079

이메일 · okbook1234@naver.com ㅣ 홈페이지 · www.booksam.co.kr

ISBN 979-11-958838-5-1 (03810)

스와질란드에서 분필을 들다

안태수
쓰고 찍다

휴엔스트리

Contents

Chapter 「 스와질란드의 학교 」

수많은 세계 여행가.

그곳에는 무엇이 있기에 그들은 떠날까?

세계를 돌아다니는 여행가들을 보며 나도 그들처럼 세상으로 떠나고 싶었다. 그렇지만 아무런 목표 없이 가기는 싫었다. 나는 적어도 '이것 하나만큼은 해낸다'라는 목표가 필요했다. 당시 사범대학 4학년이던 나는 세계의 모든 학교를 돌아본다는 목표와 함께 호주 워킹홀리데이를 시작으로 세계 여행을 준비했다. 정확히는 세계 학교 여행. 내 인생에서 처음으로 갖게 된 꿈과 그것을 이루는 구체적인 목표에 흥분되었고 출국하는 날을 손꼽아 기다리고 있었다. 그러던 어느 날 우연히 보게 된 국립국제교육원에서 주최하는 '개발도상국 기초교육향상'이라는 프로그램. 개발도상국에 가서 현지 학생들에게 수학이나 과학을 가르치는 일이었다. 그 일을 하기 위해서는 수학이나 과학의 교원자격증을 가지고 있어야 했고, 영어로 수업이 가능해야 했다. 다시 심장이 뛰기 시작했다.

당시 영어를 한마디도 못하던 나는 '영어로 수업이 가능한 자'라는 조건에 망설여졌지만, 그것이 바로 내가 생각했던 꿈이라는 확신이 있었다. '할 수 있을까?'하던 망설임은 '해야겠다!'로 바뀌었고 제출해야 하는 서류를 작성해 나가기 시작했다. 많은 서류들을 막힘 없이 써내려가던 중에 영문 교수 활동을 준비하는 서류에서 나의 펜은 멈추었다. 그 당시 머릿속에는 해야겠다는 생각뿐인지라 사전과 인터넷을 찾아가며 그리고 영어를 잘하는 친구들에게 물어가며 서류를 채워 나갔다. 그렇게 마침내 마감 전날에 완성할 수 있었고 한 편의 드라마처럼 마지막 날 교육원으로 직접 찾아가서 당당하게 제출을 했다.

며칠 후, 걸려온 서류 합격 전화. 하지만 그 기쁨도 잠시 면접 준비에 다시 긴장되었다. 지금부터가 진짜다. 내게 주어진 2주라는 시간은 영어 실력을 끌어올리기에는 턱없이 부족한 시간이었다. 그래서 생각해 낸 방법은 15분 동안 영어 수업을 하는 연기였다. 나에겐 일단 합격이 먼저였다. 영어 공부는 그다음에 하겠다며 연기를 준비했다.

그러나 안타깝게도 준비했던 수업 연기는 제대로 해내지 못했다. 해야 할 말을 잊어버렸고, 내가 무슨 말을 하는지조차 몰라 횡설수설하는 최악의 수업이었다. 수업을 하던 중에 '이러면 안 되겠다, 떨어지겠다'는 생각에 지푸라기라도 잡자는 심정으로 한국말로 외쳤다.

"죄송합니다. 영어공부를 하지 않아서 지금 제대로 못 하겠습니다. 그러나 저에게는 이 프로그램을 하고 싶다는 열정이 있습니다. 제게 주어지는 시간 동안 열심히 해서 그곳에서 의사소통하는데 아무런 문제가 없게끔 하겠습니다. 언어가 문제가 되지 않다는 것을 보여드리겠습니다!"

어디서 저런 용기가 나왔는지 아직도 모르겠다. 지금 생각해도 가슴이 떨리고 참 창피하지만 그 당시에는 너무 하고 싶었던 마음에 최선을 다하는 모습이라도 보여주고 생각이었던 것 같다. 그렇게 면접은 끝이 났다. 허무한 마음에 편히 집에 갈 수 없었다. 그냥 걸었다. 이거 너무 하고 싶다고 하게 해달라고 앞으로 열심히 하겠다고 기도하면서 무작정 걸었다. 2시간 넘게 걸었던 그 날 하늘도 감동했던 것 같다.

결과 발표 날, 걸려온 전화에서는 "원래는 안 되는데, 안태수 선생님의 열정을 보고 합격시켜드렸습니다. 영어공부 열심히 하세요"라는 말과 함께 스와질란드에서의 삶을 살 수 있었다.

꿈에 대한 확신은 이렇게 불가능도 가능으로 바꿔주는 마법을 직접 경험하게 되었고 그 경험은 내가 가진 꿈에 대해서 더욱더 큰 확신을 가지게 해주었다.

내가 가진 꿈. '이 세상 모든 사람의 행복에 이바지하는 것'

그 꿈을 이루기 위해서 내가 돼야 하는 사람. '꿈을 이야기하는 사람'

행복이란 자신이 좋아하는 일을 할 때 느껴지는 감정이다. 꿈을 이야기하며 좋아하는 일을 찾게끔 도와주는 그런 사람이고 싶었다. 누군가에게는 선생님으로 다른 누군가에게는 작가로, 상담가로, 연설가로, 동네 형으로 다양한 모습으로 나를 만나게 되지만, 꿈을 이야기하는 모습은 변하지 않을 것이다. 나를 거쳐 가는 학생들에게 꼭 알려주고 싶은 것은 모든 사람은 마음속에 좋아하는 무언가가 있다는 것이다. 그리고 그것을 할 때 얼마나 큰 기쁨을 느낄 수 있는지도 말이다.

더 나아가 다양한 곳에서 교육을 직접 체험함으로 더 멋진 교육을 만들어 내고자 한다. 이 세상의 모든 학생이 좋아하는 것을 발견하고 할 수 있는 환경을 만들어 주는 그런 교육. 그런 교육에서 나오는 웃음과 행복으로 세상이 따뜻해지기를 바란다.

내 인생의 프로젝트, 세계 학교 탐방의 시작은 아프리카에 있는 작은 나라 스와질란드부터 시작한다. 이곳에서 나를 만나는 학생들이 행복해지기를 그리고 그 행복이 주변을 변화시키고 세상이 변화될 수 있기를 진심으로 바란다. 또한, 나와 함께 하는 파견되는 4명의 한국 선생님들을 통하여도 스와질란드에 힘찬 교육의 씨앗들이 뿌려지고 아름다운 열매를 맺기를 희망하며……

Chapter

「 스와질란드에서의 삶 」

스와질란드는?

　스와질란드Swaziland는 아프리카 대륙의 남쪽에 있는, 한국의 강원도만 한 크기의 작은 나라다. 사실 이 사업에 참여하기 전에는 스와질란드라는 국가가 있는 줄 몰랐다. 스위칠란드Switzerland라고 읽는 것이 마치 스위스와 비슷해서 유럽에 있는 국가인가 할 정도로 정보가 없었다.

　인터넷에 검색해 본 스와질란드는 에이즈 감염률 세계 1위로 3명 중 1명이 에이즈 보균자이며, 평균 수명 33세도 채 안 되는 열악한 나라였다. 또한, 정치 형태는 입헌군주제인데 사실상 전제군주제인 아프리카에서 몇 안 되는 왕이 존재하는 나라였다.

　에이즈 세계 1위와 한국과 다른 정치 형태 그리고 열악해 보이는 환경들로 인해 살짝 긴장이 되기 시작했다. 과연 내가 그곳에서 잘할 수 있을까? 잘 살 수 있을까?

　"에라 모르겠다! 일단 해보자!"

알제리
리비아
이집트
사우디
아라비아

말리
니제르
차드
수단

나이지리아
이디오피아
가나
중앙 아프리카공화국
남수단

케냐
가봉
콩고 민주공화국

탄자니아

앙골라
잠비아
모잠비크

스와질란드
Swaziland
짐바브웨
나마비아
보츠와나

남아프리카

2015년 1월 4일, 하늘에서만 24시간.

장시간의 비행을 이겨내고 우리의 목적지인 스와질란드 음스와티 3세 국제공항King Mswati III International Airport에 도착했다. 공항의 크기가 작아서 활주로를 걸어서 입국심사대로 가야 했다. 처음으로 아프리카에 온 나는 모든 것이 신기해서 주위를 둘러보며 사진을 찍어대던 중, 나의 뒤에서 "No Photo"라며 외치는 소리가 들렸다. 돌아보니 무섭게 생긴 정장 차림의 경호원이 무서운 눈으로 나를 쳐다보고 있었다.

공항 이름이 나라의 왕 이름으로 되어있어 스와지에서는 왕의 권력이 센 것처럼 느껴졌다. 게다가 어디에나 초대 왕과 현재 왕 그리고 왕의 어머니 사진이 함께 걸려있는 모습이 북한을 떠올리게 했다. "No Photo"라고 외치는 경호원과 낯선 모습들로 인해 스와질란드의 첫인상은 조금 긴장되고 무서웠다. '혹시 나를 납치하지는 않을까?', '사진 찍으려고 했다고 핸드폰을 뺏으면 어떡하지?' 등 머릿속에는 조그마한 근심들이 가득했다. 이런저런 걱정을 하며 입국 도장을 받으려고 떨리는 손으로 여권을 내밀었다. 그러자 웃는 방법을 모를 줄 알았던 얼굴에 팔자 주름이 생기면서, "Welcome to Swazi"라며 환영해주는 공항직원들과 그들의 특이한 웃음소리가 얼었던 마음을 녹여주고 있었다.

입국했다는 도장을 받고 짐을 찾은 후에 밖으로 나가 보니, 우리를 기다리던 스와지의 장학사들이 마중 나와있었다. 핸드폰으로 사진과 동영상을 촬영하며 우리를 유명한 연예인으로 만들어 주었다. 이럴 줄 알았으면 선글라스를 쓰는 건데 하며 씻지 않은 얼굴이 부끄럽게 느껴졌다. 장학사들은 악수를 청하며 반갑게 맞아 주었다. 핸드폰을 하고 싶다는 것을 어떻게 알았는지 장학사들은 핸드폰을 사용할 수 있도록 유심칩을 주었다. 사용하기 위해서는 통신사에 직접 전화를 걸어야만 하는데 안타깝게도 휴일이라 바로 사용할 수는 없었다.

그들의 세심한 배려에 감사하며 엄지손가락을 올렸다. 공항 밖에는 깔끔한 밴 2대가 기다리고 있었다. 우리를 위해서 빌렸다고 했다. 감동하며 밴을 타고 우리는 워크숍 장소로 이동했다. '내가 밴을 타 보다니 출세했네!'라는 생각을 함과 동시에 밴은 이 나라의 가장 흔한 교통수단이라는 것을 들었다. '아무럼 어때? 그래도 밴인데!' 밴을 타고 이동하며 본격적인 아프리카에서의 삶이 이제 시작된 것 같아 흥분되었고 다시 가슴이 뛰기 시작했다.

햇볕이 짱짱해 눈이 부셨던 비행기 안과는 달리 차 안에서 본 스와지는 금방이라도 비가 올 것처럼 흐리고 캄캄했다. 날씨와 풍경은 한국과 크게 다르지 않았다. 스와질란드는 12월부터 3월까지는 비가 많이 오는 우기라고 한다. 많이 올 때는 일주일 내내 비가 온다며 장학사는 가이드가 되어 친절히 설명해주었다. 거리에 있는 집이 서로 빽빽해지고 사람도 많아지는 것을 보며 시내가 가까워지는 것을 알 수 있었다. 시내는 이곳 사람들의 삶을 여과 없이 바라볼 수 있는 곳이기 때문에 어느 곳보다도 관심이 있었다. 오래되어 보이는 낡은 버스정류장에서 물건을 파는 사람들과 대중교통을 기다리는 사람들이 보였고, 그 주변에서는 아이들이 뛰어놀고 있었다. 피부색만 다를 뿐 사람들은 이곳이나 한국이나 큰 차이는 없는 것처럼 느껴졌다. 앞에 가는 트럭 뒤에 있던 사람들이, 한 손에는 맥주병을 들고 해맑게 웃으면서 손을 흔드는 모습이 재미있어서 나도 손을 흔들어 주었다.

크지 않은 도로를 1시간 정도 더 달리니 스와지의 수도인 음바바네Mbabane에 도착할 수 있었다. 그리고 마침내 숙소에서 그동안 꽁꽁 싸 놨던 짐을 풀 수 있었는데 너무 많은 짐 탓에 필요한 것을 찾는 데 한참을 헤맸다. 갈아입을 옷가지와 세면도구를 풀고 대충 정리를 하고 나서야 잠자리에 들었다. 스와지에서 맞이했던 첫 번째 밤에는 장거리 비행에서 쌓였던 피로와 친절한 사람들로부터 느낀 안심 덕분에 편하게 잘 수 있었다.

다음 날 아침, 음바바네에는 비가 내리고 있었다. 주위를 둘러보니 한국과는 다른 녹색과 연두색이 섞인 낯선 색깔의 풀들과 가파른 산 위에 굴러

떨어질 것 같은 바위들이 눈에 띄었다. '사람이 살 수 있을까?' 할 정도로 경사진 곳에 있는 집과 시내에는 짓고 있는 회색 빛깔의 커다란 빌딩, 딱히 덥지도 않고 으슬으슬 떨리기까지 하는 이곳은 바로 내가 1년 동안 살아야 할 스와질란드였다. 이곳에 오기 전, 아프리카에 대한 나의 생각은 비는 거의 오지 않을 것 같았고 언제나 더울 것 같았으며, 황토 색깔 땅에 메마른 나무들이 가득할 것 같았는데 그런 생각과는 전혀 다른 곳이었다.

바로 이날부터였던 것 같다.
절대로 깨지지 않을 것 같았던 나의 생각들이 조금씩 금이 가고 깨어지기 시작한 순간이…….

 공항에서 우리를 기다리던 장학사들
 가게에 있는 사진들
 요하네스버그 공항에서 스와지 행 비행기를 기다리며
 아프리카의 거리

짧은 아침 산책을 마치고 식당으로 갔다. 식당에는 빵, 계란찜, 감자튀김, 샐러드 그리고 다양한 음료수가 뷔페식으로 있었다. 스와지에서 처음 먹는 식사는 비교적 입맛에 맞았다. 잘 먹을 수 있음에 감사했고 '적어도 먹을 것 때문에는 고생하지 않겠다.' 하는 편안한 생각이 들었다.

식사한 다음에는 세미나를 위해 강당으로 갔다. 세미나의 시작은 곧 스와지에서 일의 시작을 의미했다. 사회자는 오늘 일정에 대해 간단하게 안내했다. 스와지 공식 언어는 시스와티지만 사람들은 영어도 곧잘 사용했다. 세미나를 하는 동안 우리를 배려해서 모든 설명을 영어로 해주었다. 영국 식민지였던 스와지는 영국식 영어를 사용하는데 개인적으로는 미국식 영어보다 알아듣기가 수월했다.

세미나에 참여한 모든 사람이 갑자기 찬양을 부르며 일어서는 모습이 낯설었다. 찬양 후에 하는 기도까지 모두 스와지에선 공식행사 전에 하는 예식이었다. 스와질란드는 60% 이상이 크리스천인 기독교 국가이기 때문에 공식적인 행사를 모두 찬양과 기도로 시작했다. 특별한 악기 없이 찬양하는데 청아한 목소리와 아름다운 화음 그리고 전해지는 그들의 흥. 말로만

듣던 흑인 소울을 직접 느낄 수 있었다. 세미나에서는 스와질란드의 교육 현황과 문화, 배정받은 학교에 대한 소개 그리고 간단한 언어와 풍습, 주의 사항을 안내해주는 시간을 가졌다.

　세미나 중간에는 'Break Time'이라 불리는 쉬는 시간을 가졌다. 이 시간은 점심 먹기 전에 딱 한 번 있고, 간단한 과자와 차와 함께 이야기하는 시간이다. 50분 수업하고 10분 정도 갖는 쉬는 시간에 익숙해져 있던 나는 3시간 세미나 하고 15분 쉬는 시간이 상당히 어색하게 느껴졌다.

　세미나에서는 한국 선생님들이 각각 배정받은 학교에서 나온 교장 선생님과 나를 도와주는 멘토 선생님 1명씩 총 2명이 참석을 했다. 한국에서 파견된 선생님들은 스와지 지역별로 골고루 배정되어 전국으로 흩어지게 되었다. 함께 온 한국 선생님 중 나는 가장 멀리 배정이 되었다. 우리 학교에서는 교감 선생님 미스터 히포Mr. Hippo와 멘토 선생님 미스터 마부자Mr. Mabuza가 함께 해주었다. 이들은 참 유쾌했다. 내가 있는 동안 나의 고민도 들어주고 스와지의 관광명소에 데려가기도 하고 즐거운 생활을 하게 해준 고마운 선생님들이었다. 다른 학교는 남녀가 섞여 있었지만 우리 학교는 남자만 셋이라 가끔 흐르는 침묵에 어색함이 느껴지곤 했다. 또한, 대사관이 없는 스와지에는 명예 영사님이 있다. 거의 30년 동안 스와지에서 살아오신 민병준 박사님과 한인회장님도 한국인 선생님들을 도와주기 위해서 참석해주셨다. 이렇게 스와지에서의 삶은 많은 사람의 관심 속에서 시작되었다.

2박 3일간의 세미나를 마친 후에 각자 배정받은 학교로 이동을 해야 했다. 이동 전에 집을 채울 필요한 물품을 사야 한다며 싸고 괜찮다고 소문난 가게로 쇼핑하러 나섰다. 현지 선생님들은 간단히 먹을 수 있는 음식들도 포함해서 주방기구부터 이불과 베개까지 모두 사야 한다고 말했다. '무엇이 필요한지 알아야 사든지 할 텐데.' 하는 걱정이 앞섰다. '혹시 일부러 사게 하는 거 아니야?'하는 의심을 품고 쇼핑센터로 갔다. 스와질란드의 가게는 상당히 깔끔했고 웬만한 것들은 모두 있었다. 마냥 쌀 거라고만 생각했던 가격이 한국과 큰 차이가 없어서 놀랐다. 히포는 계속 망설이는 나를 보더니 내가 걱정하는 것을 알았는지 일단은 간단하게 사고, 나중에 나와 함께 다시 오자며 친절하게 이야기를 했다. 최소한 간단한 침구류(이불, 베게)와 주방기구는 사야 한다며 들어간 가게에서 나를 돈 쓰게 하는 건 아닌지 여전히 의심을 떨칠 수가 없었지만 딱히 다른 방법이 없었다. 결국 그곳에서 30만 원어치를 구매하고 나서야 집으로 출발할 수 있었다.

알고 보니, 차 타고 물건을 사러 오는 날이 흔하지 않기 때문에 편하게 사라고 하는 순수한 조언이었다. 그러나 처음 온 외국인에게 이것도 저것도 필요할 거라며 계속 사라고 강요하는 선생님들을 설령 친절한 사람일지라도 경계 할 수밖에 없었다.

집으로 가는 길은 참으로 험난했다. 그리고 멀었다. '이곳인가?' 하면서도 그냥 지나쳐 갔다. '저 앞에 보이는 마을이었으면' 하고 바라도 그 마음은 헛된 희망이 되어버렸다. 수도에서 가까운 곳을 포기한 이후에는 창밖의 경치를 바라보며 스와지를 느끼기 시작했다. 수도에서 멀어질수록 스와지의 모습은 조금씩 변하고 있었다. 어떤 곳은 한국의 한적한 시골이 생각나기도 했고 또 다른 곳은 판자촌이 생각나기도 했다. 마을과 멀어지고 가까워짐이 반복됨에 따라 풍경이 변하고 있었다. 고불거리는 길이 끝나니 산 위에서는 마을 전체를 볼 수 있었다. 넓게 보이는 스와지 땅을 바라보며 창문을 내리니 얼굴을 때리는 시원한 바람이 머릿속의 복잡한 생각과 함께 날아가 버리고 그 자리에 상쾌함이 채워지고 있었다. 그렇게 3시간을 달리고 나서야 내가 앞으로 지내야 할 집과 근무할 학교에 도착하게 되었다.

스와질란드는 '아프리카의 스위스'라 불릴 만큼 아름다운 경치를 가지고 있다. 한국의 강원도만 한 작은 크기지만, 그 안에는 울창한 숲과 거대한 산과 넓은 평원 등 다양한 모습들이 조화를 이루고 있었다. 지역에 따라 다양한 모습이 있는 스와질란드이기에 어느 곳을 가든지 아름다운 경치를 감상하느라 정신이 없었다.

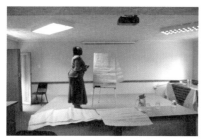

1 히포Hippo & 마부자Mabuza
2 스와질란드의 워크숍
3 세미나 후 단체사진
4 시원하게 뻥 뚫린 스와질란드의 길

....

빠르게 스쳐가는 스와지의 풍경을 감상하느라 정신없던 나에게 마부자가 말했다.

"미스터 안, 다 왔어! 저기가 너의 집이야!"

드디어 일 년 동안 살아야 할 집에 도착했다. 때마침, 내가 온다고 집을 청소하는 사람들이 있었다. 그들은 일하는 직원이 아닌, 외국인이 왔다며 궁금해하던 선생님들이었다.

집은 학교 안에 있었고 경비원들의 보호를 받을 수 있어서 안전해 보였다. 입구에는 넓은 현관과 안에는 넓은 거실과 조그마한 침실 그리고 화장실이 있었다. 12~13평쯤 되어 보이는, 혼자 지내기에 조금 큰 집이었다. 집 주변에는 나무로 만들어진 수제 건조대와 입구에 이름 모를 두 개의 나무덩굴이 보초를 서고 있었다. 아프리카에 나만의 공간이 있다는 것에 나는 만족했다. 차에서 짐을 내려 현관에 놓고 무엇을 해야 할지 모르는 나에게 사감 선생님은 집에 대해 하나씩 설명해주기 시작했다.

부푼 마음을 안고 들어간 집에는 아무것도 없었다. 정말 아무것도 없었다. '아 그래서 다 사라고 했던 거구나!' 하며 집을 둘러보던 중에 한쪽 구석에서 '삐— 삐—' 하며 울리는 소리가 거슬렸다. 소리의 정체는 이 집에서 사용할 수 있는 전기가 얼마 남지 않았다는 경고음이었다. 충전식으로 전기를 사용하는 스와지에서는 전기의 잔여량을 알려주는 전기 스크린이 집마다 있다. 시내에서 선불로 전기를 사고 충전해야만 사용할 수 있었다. 25kW 이하로 떨어지게 되면 경고음이 울리는데 그 날엔 19kW가 있었다. 전기가 끊기면 어쩌나 걱정했지만, 그 양은 1주일 넘게 사용할 수 있는 양이었다. 보통 100릴랑게니를 내면, 80~100kW의 전기를 살 수 있었고 집에 전자 기구가 많이 없었던 나는 40일 이상 쓸 수 있었다. 한 한국 선생님은 한 가족과 홈 쉐어를 했는데 한 달에 400릴랑게니를 사용한다고 했다. 이렇게 가정마다 전기 비용은 큰 차이가 나기도 했다.

싱크대는 오래전부터 사용하지 않았는지 수도관은 끊어져 있었고, 화장실에는 물이 나오지 않았다. "물은 어떻게 써요?" 라는 물음에 사감 선생님이 밖으로 나가 한참을 달려가서 학교 밸브를 여니 그제야 물이 나왔다. 그러나 나오는 물은 흙탕물인지 녹슨 물인지 노란 색깔이었다. 그것을 보고 내 얼굴도 노랗게 되었다. '음…… 어떻게 살아야 하지?' 하며 걱정하는 나에게 사감 선생님은 미소 지으며 괜찮을 거라고 했다. 이곳에서 생활하면서 이 물은 용변을 보고 변기를 내리거나 설거지하는 용도로만 사용하게 되었다. 세수하고 요리하는 물은 학교 지하수를 이용했지만, 지하수가 말

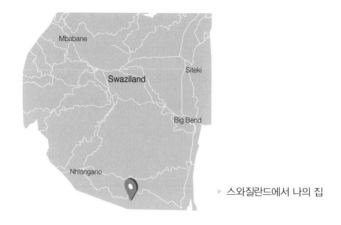

▶ 스와질란드에서 나의 집

라서 물이 안 나올 때는 학교 빗물을 모아놓은 탱크에서 집으로 물을 길어서 사용해야 했다. 가장 깨끗한 물이 필요했던 이빨을 닦는 데에는 먹는 물을 사용했다.

왜 침대를 사 오지 않았냐며 사감 선생님은 기숙사에서 학생이 사용하던 침대를 가져왔다. 철로 된 침대 틀에 스펀지로 만들어진 매트리스는 마치 어떤 나라의 감옥에서 사용하는 것처럼 보였다. 스펀지는 누군가 이미 사용했었는지 가운데가 움푹 파여 있었고 큰 철제 골격은 길이가 짧아 발이 밖으로 나왔다. 침대는 학교에서 만들어 주겠다는 사감 선생님의 말을 믿고 사지 않았다가 1년간 학생용 침대에서 잠을 자게 되었다.

한 바퀴를 둘러본 다음에야 나를 데려다준 장학사들은 이제 가야 할 때가 되었는지 사감 선생님에게 나를 잘 부탁한다 했다. 마치 어린이집에 아이를 맡기는 것 같았다. "No problem" 하며 외치는 사감 선생님은 믿음직스러웠다. 항상 옆에 있을 거니까 필요할 때 언제든지 말하라며 나를 안심시켜 주었고 장학사들과 사감 선생님은 집으로 돌아갔다. 그 뒷모습을 바라보며 눈물이 날 뻔했다. 날 혼자 두지 말라며 바지라도 잡고 싶은 심정이었지만, 참아야만 했다. 가기 전에 사감 선생님이 준 집 열쇠는 고전 영화에 나오는 감옥을 또 생각나게 했다.

혼자 남게 된 집에서는 묘한 기분이 들었다. '생각은 나중에! 일단 정리 먼저 하자!'며 가져온 짐들을 풀어 놓고 본격적으로 짐을 정리하기 시작했다. 오래 걸릴 줄 알았는데 딱히 할 것이 없었다. 자주 사용하는 것을 편한 곳에, 화장실 용품은 화장실에, 주방용품은 싱크대 위에 두고 옷들은 옷장에 걸고 나머지들은 바닥에 박스를 깔고 그 위에 두니 정리는 끝나버렸다. 물건을 어디에 두었는지 잘 기억한다면 큰 불편함 없이 이대로 지낼 수 있을 것 같았다.

선생님들이 시간이 지나면 조금씩 가구들을 채워 주신다고 했는데, 아쉽게도 가는 날까지 그 어떤 가구도 채워지지 않았고 첫 날에 두었던 곳에 가는 날까지 그대로 있었다. 대충 정리를 하고 나니 허기가 졌다. 도저히 노란 빛이 도는 물로 라면을 끓일 수 없을 것 같아서 사 왔던 물로 라면을 끓였다. 스와질란드에서 처음 먹는 라면. 무언가 큰 감흥이 있을 것 같 았지만 한국에서 먹었던 라면과 똑같은 맛이었다. 그때까진 한국이 그립지 가 않았나 보다.

그날 밤, 나에게 닥친 첫 번째 문제는 씻는 것이었다. 도저히 그 물로 씻 을 수 없을 것 같았다. 결국 먹는 물로 세수하고 머리를 감고 양치까지 하 니 마트에서 사 온 5L의 생수를 모두 사용해버렸다. 20릴랑게니약 2,000원 하 는 5L의 물은 돈도 돈이지만 무거워서 시내에서부터 가져오는 것이 힘이 들기 때문에 엄청난 물과 에너지 낭비를 한 것이었다. 그 날 처음이자 마 지막으로 먹는 물로 씻었다. 시계를 보니 7시가 지나고 있었다. 아직 잠들 기에는 이른 시간, '이곳에서 1년을······.' 하고 생각하며 머릿속에서 걱정이 시작되려는 찰나에 한국 예능을 보며 시 잠시 잊어 보기로 했다. 예능에 집중하고 있을 때, 누군가 문을 두드리는 소리가 들렸다.

똑! 똑! 똑!
"누구세요?"
"마부자야, 멘토 선생님!"

반가움에 문을 여는데 정말 깜짝 놀랐다. 사람은 보이지 않고 이빨만 보였기 때문이다. 나도 모르게 "너의 얼굴이 안 보여"라는 말과 동시에 혹시 인종차별로 받아들이면 어떡하지 하는 걱정이 들었다. 다행히도 마부자는 특유의 즐거운 몸짓과 함께 나를 살피러 왔다고 했다. 내가 인종차별이라고 생각했던 것들은 쓸데없는 걱정이었고 그들에게는 그저 재미있는 농담이었다. 그렇게 나는 지금 아프리카에 있다는 것을 다시 실감할 수 있었다.

감격스러운 스와지 내 집에서의 첫날밤이다. 군대에 입대하고 첫날 불침번 근무를 섰던 때가 생각이 났다. 이곳에서 지내야 하는 날들이 길게만 느껴졌고 잘 지낼 수 있을지에 대해 걱정이 되었다. 그러나 '내가 하고 싶어서 왔는데 왜 이런 나약한 생각을 하니?' 새로운 곳에서 당연히 들 수 있는 생각이다.'며, 내가 이곳에 온 이유와 오게 된 과정을 떠올리고 다시 마음을 다잡았다.

'나는 잘할 수 있다. 이겨내고 웃으며 돌아갈 것이다.'
'1년 동안 잘 부탁해 내 집아.'

1 두 나무 덩굴 보초
2 거실과 침실, 화장실 그리고 그 안의 노란색 물
3 감옥 열쇠? 집 열쇠!
4 집 안에서 울리고 있던 전기 스크린

스와질란드에서 분필을 들다

물룽구!

．．．．．．．．

"물룽구_{Mulungu}!"

누군가를 부르는 소리에 돌아보았다. 내 주변에는 아무도 없었고, 그는 분명히 물룽구라며 나를 부르고 있었다. "what is it?" 나를 부른 거냐고 물어보니, 그렇다며 그는 물룽구라며 한 번 더 말했다.

물룽구는 '흰둥이'라는 뜻이다. '어? 이거 인종차별적인 발언 아닌가? 하지 말라고 해야 하나?' 하는 생각이 들었지만, 그것은 내가 가지고 있던 하나의 색안경이었다. 그들은 정말 순수하게 까맣지 않다는 이유로 그들은 나를 흰둥이라고 부르고 있었다. 동네 꼬마들이 나를 물룽구라 부를 때 "그래, 나 물룽구야!" 하며 머리를 쓰다듬으며 함께 놀고 다른 선생님들이 부를 때도 대답하며 어느 순간 나의 이름은 물룽구가 되어있었다.

시내에서 나를 처음 보는 사람에게 "안녕? 내 이름은 물룽구야!" 라고 하면, 어떻게 그 단어를 알았냐며 놀라는 눈치였고 그 말이 그렇게 웃긴지 폭소했다. 난 그들의 웃음소리가 좋았다. 그들의 웃음소리에 나도 함께 웃을 때면 큰 폭포에서 떨어지는 물을 맞는 것처럼 상쾌한 행복함이 느껴졌다. 그렇게 그들과 함께 웃으면서 머릿속에 있던 인종차별적일지 모른다는 생각들은 사라지고 서서히 그들처럼 되어 가고 있었다.

학생들과 함께 샤워!

·······················

녹물인지 흙탕물인지······.

처음에 나오는 물의 색깔을 보고 얼굴이 노래졌던 나는 도저히 이 물로 씻을 용기가 나지 않았다. 딱히 노란색 물 때문이 아니라도 배수구가 하나뿐이라 샤워를 하면 집은 물바다가 될 것이 뻔했다. 물이 나오지 않을 때는 이곳에서 물을 떠서 사용하라며 사감 선생님이 학교 남학생 기숙사 잎 수도꼭지로 안내를 해주었다. 그 수도꼭지는 지하수를 이용하기 때문에 조금씩이라도 언제나 물이 나왔다. 다행히 그곳의 물은 더 옅은 노란색이었다. "그래, 이 정도 물이면 샤워할 수 있겠다. 너희들도 하는데" 하며 그곳에서 물을 떠서 샤워를 했다. 찝찝한 것은 잠시, 이내 몸은 상쾌해졌다. 따뜻한 물을 만들려면 커피포트를 이용해야 했다. 끓는 물을 만드는 데만 사용하는 줄 알았던 커피포트를 샤워하는 물을 만들 줄 누가 상상을 해봤겠는가? 따뜻한 물을 만드는 시간이 아까워 종종 찬물로 샤워하려고 일부러 운동했었지만, 추운 날씨에는 따뜻한 물을 사용하지 않으면 감기에 걸릴 것만 같았다.

나의 물통은 물이 20L 정도 들어갈 수 있는 페인트 통이었다. 그곳에 커피포트로 데운 물을 3번 정도 넣어야 따뜻하게 샤워를 할 수 있었다. 물을 데우는 동안 학생들의 기숙사에 들어가서 함께 어울렸다. 학생들은 특히 나의 핸드폰에 관심이 많았다. 누가 남자 아니랄까 봐 한국 여자 사진을 보여달라며 조르곤 했다. 보여주는 대로 모두 예쁘다며 사귀고 싶다고 하는 모습이 귀여웠다. 핸드폰으로 사진 찍으며 놀기도 했고, 나에게 아프리카 노래와 춤을 알려주겠다며 갑자기 내 앞에서 춤을 추고는 나에게 따라 해보라는 눈치를 주었다. 몸으로 박자를 만들어 내는 모습이 TV 특종에 제보하고 싶을 정도로 신기했다. 아무리 따라 하려고 해도 몸은 학생들처럼 움직여지지 않았다. 때로는 쿵후를 알려 달라고도 한다. 약간의 태권도 동작을 보여주니 너도나도 따라 하며 잘했다는 칭찬을 받고 싶은 눈으로 쳐다봤다. 그중에는 "Hey! Come on!" 하며 나에게 도전장을 내미는 학생도 있었는데, 가까이 다가가면 도망가는 귀여운 학생이었다.

처음에 샤워할 때는 학생들이 따라 들어와 구경했다. 외국인이 샤워하는 모습이 참 신기했는지 나의 몸을 관찰했다. 그러면서 자기들끼리 이야기를 하고 웃곤 한다. 창피했지만 티를 낼 수는 없었다. 내가 창피해하면 앞으로 이곳에서 샤워를 못 할 거 같다는 생각에 오히려 더 당당하게 "뭘 봐!" 라고 말하며 아무렇지 않은 듯 샤워했다. 외국인이 샤워하는 모습에 적응했는지 학생들도 어느새 하나둘 옷을 벗으며 함께 샤워를 하기 시작했다. 샤워하는 동안 나와 아이들은 서로 찬물을 뿌리면서 장난치며 정들어가고 있었다. "얘한테 뿌려요!" 하며 장난치는 것을 좋아하던 순수한 학생들의 웃음소리가 아직도 귓가에 맴돈다. 하지만 초반에나 이렇게 관심을 가졌지 시간이 좀 지나고 "같이 샤워하러 가자!" 라며 자기 할 일을 했다.

보통 샤워를 하고 난 후에는 밥을 지을 물과 세안을 할 물, 하루 동안 사용할 물을 떠 가야 했다. 처음에는 혼자 옮겼는데 어느 날 어떤 학생이 혼자 물을 옮기는 모습이 힘들어 보였는지 도와주겠다고 했다. 고마운 마음에 초콜릿을 주었다. 그다음부터 '미스터 안의 물 바구니를 옮겨주면 초콜릿을 준다'라는 소문이 돌아서 너도나도 물을 옮겨주려고 싸움이 나기도 했다. 그때마다 가위바위보로 순서를 정했다. 서로 초콜릿을 먹고 싶어서 다투는 모습이 귀여웠다. 그러던 어느 날, 초콜릿과 나 중 어느 것을 더 좋아하는지 알아보고 싶은 마음이 들었다.

"오늘은 초콜릿 없는데 도와줄 거야?"
"상관없어요, 제가 좋아서 하는 거니깐"
감동이었다. 나중에 줄 걸 알았는지 당장에 초콜릿은 필요 없다며 귀찮음을 무릅쓰고 도와주는 학생이 있었다. "넌 정말 착한 아이구나!" 라며 초콜릿 두 개를 주었더니 감동하였는지 아주 공손하게 "Thank you, Sir." 하며 두 손으로 받고 기숙사로 뛰어가는 뒷모습이 너무나 신나 보였다. 뒷모습을 보며 말했다. '너보다 내가 더 감동했다 욘석아.'

교실 밖에서 만났던 학생들은 너무나 귀엽고 순수하고 장난을 치기 좋아하는 학생들이었다. 그리고 역시 이성에 관심이 있는 사춘기 남학생들이었다. 진심으로 나를 도와주는 학생들 덕분에 이곳에서 지내는 데 힘을 얻을 수 있었다.

　　그날 밤, 물통 안에는 노란색 물이 아닌 황금색 물이 가득했다.
　　그리고 얼굴에서는 노란빛이 아닌 황금빛이 나고 있었다!

1 샤워실의 모습
2 따뜻한 물을 만들기 위해!
3 물 뜨는 곳과 물을 옮겨주는 학생들

스와질란드에서 분필을 들다

스와질란드의 인터넷

····························

스와질란드에서 인터넷의 사용은 통신사 MTN이라는 회사를 통해서만 사용할 수 있다. 나 같은 외국인에게 인터넷은 공기 중의 산소 같은 존재였다. 한국에 있는 부모님과 친구들과 연락을 하기 위한다는 중요한 이유와 교과서에 없는 수업을 준비해야 하는 멋진 이유를 말할 수 있지만, 사실 SNS를 이용해서 무료한 시간을 보내는 데에 대부분 이용했다.

인터넷 데이터를 사용할 수 있는 시스템은 간단하다. 먼저 스와질란드의 유심칩을 넣고 그 칩에 돈을 충전하면 된다. 충전되는 돈을 공중에 있는 시간이라고 해서 'Air Time'이라고 부른다. 이 돈으로 전화나 문자를 보낼 수는 있으나 인터넷을 바로 사용할 수는 없고, 에어 타임을 데이터로 전환해야만 인터넷이 가능했다. 전환하지 않으면 유효기간이 3달, 데이터로 전환하면 유효기간이 1달로 줄어드는 특징이 있다.

스와질란드에서 에어 타임의 비용은 터무니없이 비쌌다. 보통 나는 한 번에 3.5GB를 충전했는데 그 비용은 849릴랑게니약 85,000원였다. 그렇게 충전한 데이터는 평균 1주에 1GB씩 사용했고, 모두 사용하는데 3주도 채 걸리지 않았다. 이곳에서의 삶은 한국이었다면 무제한 인터넷에 몰랐을 데이터 사용량을 내가 얼마나 사용하는지도 알게 해주었다.

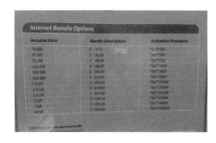

▶ 인터넷 가격표

　비싼 인터넷요금을 절약하기 위해 다양한 방법을 시도해 보았다. 평소에는 비행기 모드로 해놓다가 심심하다 싶을 때 데이터를 켜면 그동안 오지 않았던 메시지들이 한꺼번에 온다. 메시지를 받고 확인은 하지 않은 채 다시 데이터를 끄면 데이터 소모를 최소화할 수 있었다. 참고로 한국에서도 통하는 방법이긴 하다. 스와지에서 동영상 감상은 꿈도 꾸지 못하고 와이파이가 되는 카페나 식당을 찾아다니며 흔히 말하는 와이파이 노예가 되었다. 데이터 1MB는 카카오톡 메시지를 확인할 수 있는, 소중한 자원이 되었다.

　에어 타임은 길거리에서 많은 사람이 팔고 있어 쉽게 구할 수 있다. 비싼 데이터를 싸게 사는 방법은 큰 슈퍼마켓에서 할인을 이용하는 것이다. 그리고 특별 이벤트라고 해서 회사 자체에서 하는 반값 행사도 있다. 그때를 노려서 사는 것이 인터넷 비용을 최대로 절약하는 방법이었다.

　스와질란드는 내가 평소 무관심하고 펑펑 쓰던 것들에 대해서 또 얼마나 소중한지 한 번 더 생각을 해보게 하는 시간을 갖도록 해주었다.

놀러 오는 아이들

Knock! Knock!

노크 소리에 문을 열고 나가보면 아무도 없다.

그리고 다시 들리는 노크 소리.

개학 전, 집에서 쉬고 있을 때였다.

노크 소리에 밖으로 나가보면 킥킥거리는 웃음 참는 소리가 들린다. 소리 나는 쪽으로 가까이 가 보면 아이들은 "끼야!" 비명을 지르며 도망가고 집 앞에 있는 나무 덩굴 뒤에 몸을 숨긴다. 아이들은 근처에 사는 초등학생들이었다. 처음에 놀러 온 아이들이 너무 작고 귀여워서 초콜릿이며 다른 먹을 것들을 주었는데 매번 주다 보니 어느새 우리 집은 배고플 때 가는 아이들의 아지트가 되어있었다. 먹을 것을 주지 않으면 삐치기도 하며 심지어는 짜증과 심술을 부리기도 했다. 이러면 안 되겠다 싶어서 더는 먹을 것을 주지 않았더니 한동안 아이들을 볼 수 없었다. 나를 좋아해서 오는 줄 알았는데 초콜릿과 사탕 때문에 우리 집에 왔다는 것에 서운한 마음이 유치하게 들었다.

어느 날 노크 소리가 들렸다. 또 아이들이 찾아온 것이다. "I want sweet."

역시나 먹을 것을 달란다. 그냥 주고 싶지는 않았다. 문득 그게 교육적으로 맞는다는 생각이 들었다. 그래, 너도 먹을 것을 주면 나도 줄게. "우리 교환하자!"라고 하니 아이들은 무언가 곰곰이 생각하더니 어디론가 뛰어갔다.

그리고 몇 분 후 들리는 노크 소리는 전과는 달랐다. 더욱 경쾌했고 빨리 문을 열어보라고 하는 것처럼 들렸다. 문 앞에는 아이들이 방금 따온 구아바를 손에 들고 있었다. 웃음이 나왔지만, 진지한 아이들의 눈을 보니 그냥 돌려보낼 수는 없었다. 구아바는 딱히 필요 없었는데 고생한 아이들이 기특해서 초콜릿으로 바꿔주었다. 아이들이 신나서 소리를 지르면서 달려갔고 그 뒷모습을 보면서 흐뭇함이 느껴졌다. 모든 것에는 대가가 필요하고 노력이 필요하다는 것을 학생들이 알길 바라며 손에 있는 구아바를 보았다. '이건 어떻게 먹는 거야!?'

그날 이후로 집에는 구아바, 이름 모를 과일과 쓰지 않는 숟가락들 그리고 작은 사탕들이 쌓임과 동시에 뿌듯한 마음도 쌓여 갔다.

1 재미있는 표정 따라 하기
2 놀러온 아이들
3 물장난감을 가지고 노는 아이들

스와질란드에서 밥 먹기!

스와질란드 거리에는 삶거나 굽거나 한번 가공한 1차 음식을 파는 아이들이 많다. 거리 한구석에서 어른들은 옥수수, 닭고기, 소고기를 굽고 있는 아이들은 거리로 나가 판매를 한다. 또 다른 길가에서는 어머니들은 간단한 군것질거리와 채소를 노점에서 팔고 있었다. 스와지의 주식은 옥수숫가루로 만든 떡이다. 굳이 비교를 해보자면 단맛이 없는 백설기와 비슷한 맛이었다. 그 위에 곁들여진 샐러드와 고기가 스와지 사람들의 주식이었다. 돼지보다도 소나 닭고기가 많았고 무엇보다 소고기는 가격은 저렴했다. 3,000원 정도면 스테이크를 배부르게 먹을 수 있었다. 스와지 사람들은 쌀밥과 파스타는 우리나라의 라면처럼 어쩌다 한번 먹었다. 참고로 스와지에는 젓가락은 없었고, 숟가락이나 포크를 사용했다.

슈퍼마켓에 가면 웬만한 것은 다 구할 수 있었다. 쌀과 밀가루, 각종 고기 한국에 있는 것들, 심지어 굴 소스를 포함한 다양한 소스까지 있었지만, 고추장, 된장 같은 장류와 라면은 구할 수 없었다. 그래도 마음만 먹으면 한국식으로 밥을 먹을 수 있었다. 쌀은 조금 날리는 쌀이긴 했지만, 물을 조금 더 넣고 밥을 지으면 어느 정도 점성을 만들 수 있었다. 그러나 가볍고 잘 흩어지기에 숟가락을 이용해야 했다. 주로 젓가락으로 밥을 먹었던 나는 오랜만에 숟가락을 이용해 밥을 먹었다.

어느 덧, 스와지에서의 생활은 점점 적응되어 안정되었다. 아침에 일어나 쌀을 씻고 불리고 쌀뜨물을 이용해서 세수하며 잠을 깨고, 아침으로 시리얼을 먹었다. 점심에는 여러 가지 채소와 고기를 넣은 볶음밥을 요리했고, 저녁에는 소고기나 닭고기로 스테이크를 만들었다. 족발도 부침개도 다양한 요리를 하며 어느새 나는 요리사가 되어있었다. 이따금씩 요리가 귀찮게 느껴질 때는 스와지의 특식인 라면을 먹으며 한 끼를 때우곤 했다.

학교에서 학생들과 선생님들이 먹는 것을 보니, 음식은 짜고 차는 달게 먹는 것으로 보아 자극적인 음식을 좋아하는 듯했다. 고기에는 소금과 다양한 맛이 나는 마법의 가루(향신료)를 뿌려서 먹고 있었고, 커피나 차에 설탕을 큰 수저로 3스푼씩 넣기도 했다. 정말 저래도 되나 싶을 정도로 많이 넣었다. 설탕을 넣지 않은 채 루이보스 차를 마시는 나보고 무슨 맛으로 먹냐며 신기한 듯 바라보았다. 현지인들과 함께 현지 음식을 먹을 때면 그들은 나의 반응을 상당히 궁금해했다. 맛이 어떠냐고 물어보는 말에 고개를 좌우로 절레절레 저으며 난 먹지 못하겠다고 하면 좋아라, 크게 웃는다. 처음 음식을 먹는 어린아이를 바라보는 눈빛으로 나를 바라보고 있었다. 그들에게 나는 하얀 아기였을까?

학교 급식은 기숙사에 머무는 학생과 머물지 않는 학생에게 다른 식사가 제공되었다. 기숙사에 머무는 학생에게는 쉬는 시간에 간식뿐만 아니라 고

기반찬이 포함된 점심식사가 제공되는 반면에, 통학하는 학생에게는 제공되는 간식은 없었고, 부실한 점심이 전부였다.

기숙사에 머물지 않는 학생들과 함께 밥을 먹은 적이 있다. 그때 메뉴는 백설기 같은 떡에 콩이 든 국물이었다. 맛있게 먹는 학생들을 보고 용기 내 한 입 먹어보았다. 그렇게 달지 않은 싱거운 팥죽 맛이었다. 맛있냐고 물어보는 말에 천천히 고개를 끄덕이며 먹을 만하다고 했다. 계속 먹을 수 있냐고 물어봤다면 솔직히 못 먹을 것 같다고 했을지 모른다. 나의 대답이 웃겼는지 학생들은 소리 내어 웃었다. 그런 순수한 웃음이 좋아서 난 더 크게 웃으면서 그들의 머리를 쓰다듬었다. 그 학생은 웃으며 나에게 슬픈 말을 했다.

"먹을 게 없어서 먹어요, 이거라도 안 먹으면 이따가 배고프니까요."

이 학생의 말을 들었을 때 '아, 이것이 아프리카의 눈물인가?' 하는 생각과 함께 가슴이 답답해졌다. 그때 그 상황, 학생의 표정과 목소리는 아직도 나를 슬프게 한다. 이 학생들에게 음식을 주고 싶었다. 특히 내가 먹는 한국 음식을 소개해주고 싶은 마음에 집으로 초대했다. 그날의 메뉴는 한국의 대표 음식 볶음밥과 라면이었다. 그들은 짜고 단 자극적인 음식을 좋아하면서도 매운 것을 잘 먹지는 못했다. 볶음밥은 맛있다며 신나게 먹었지만, 신라면은 맵다며 한 줄씩 천천히 먹는 모습이 귀여웠다. 또 젓가락을 쓰지 못해서 라면의 면발을 손으로 끊어 먹는 모습이 웃기기도 하면서 안쓰럽게 느껴지기도 했다. "맛 어때?" 라는 말에 그들은 맛있다고 말하면서 이상하게 또 달라고는 하지 않았다. 내가 그들의 음식을 먹었을 때 마음과 똑같았나 하는 생각에 웃음이 났다. 그날 이후 학생들은 학교에서 주는 밥을 잘 먹었던 것으로 기억한다.

세계로 나가기 전에 과연 외국 사람들은 무엇을 먹고사는지에 대해 궁금했었다. 스와질란드 사람들도 나처럼 음식을 맛있게 먹으며 맛없는 음식은 안 먹기도 하고 음식으로 투정도 부리는 모습이 나와 다를 것이 없었다. 단지 선호하는 맛이 다를 뿐이었다.

1 무료 급식을 기다리는 학생들
2 학교 무료 급식
3 모여서 밥을 먹고 있는 학생들
4 야심 차게 준비한 볶음밥
5 집으로 초대해 함께 했던 시간

스와질란드에서 분필을 들다

문 앞의 이력서

이곳 생활이 어느 정도 익숙해지고 있을 무렵, 여느 때처럼 모든 수업을 마치고 집으로 돌아왔다. 집에 도착해 문을 열려는 순간 문 앞에 한 통의 편지가 꽂혀 있었다. '웬 문에 편지지? 내 평생 이런 적은 한 번도 없었는데.' 하며 설렜다. 혹시나 나를 좋아한다는 연애편지인가? 아니면 나에게 항의하는 편지인가? 이런저런 상상을 하며 조심스럽게 편지를 펼쳤다.

다행히도(?) 일을 구하는 편지였다. 편지에는 아이들이 있는데 돈이 없어서 키울 수가 없다며 설거지와 빨래를 해서 돈을 벌 수 있게 해달라는 내용이 있었다. 알고 보니 내가 오기 전에 이 집의 가족을 위해 일을 해왔는데 내가 이곳으로 오면서 이곳에 살던 가족은 다른 곳으로 이사했고, 일자리를 잃어버리는 안타까운 상황이 되었다. 그러나 내 머릿속에는 일을 줄수 없는 많은 이유가 떠올랐고 시간이 필요하다며 답변을 미뤘다. 그리고 얼마 후 노크 소리가 들렸다. 아르바이트를 지원한 씨멜라네가 찾아온 것이었다. 그렇게 갑작스러운 인터뷰가 시작되었다.

사실 내 물건을 다른 사람에게 웬만해서는 맡기는 편이 아니기에 처음에는 거절하려는 마음이었다. 특히, 이곳은 한국과는 멀리 떨어진 아프리카이고 옷을 맡기는 것이 불안했다. 아직 이들을 믿지 못하고 있었던 것이다. 더군다나 일주일에 한 번씩 설거지와 빨래를 한다는 말은 그동안의 일거리를 모아 두어야 한다는 것을 의미했는데, 먹자마자 설거지하는 나는 일거리를 줄 수도 없었다. 결국 나는 또다시 생각할 시간을 달라고 했고 그렇게 씨멜라네는 돌아갔다.

한 달에 200릴랑게니약 20,000원는 문제가 되지 않았다. 빨래는 나 혼자서도 할 수 있었다. 나의 물건을 믿고 맡길 수 있는 신뢰가 가장 큰 문제였다. 한창 고민을 하던 중에 호주에서 일자리를 구하던 시절이 떠올랐다. 이리저리 이력서를 넣고 다니면서 혹시 연락이 올까 봐 핸드폰을 쥐고 살았던 시절. 시간이 지나면서 돈은 점점 떨어져 가고, 연락 오는 곳은 없어서 답답하고 절망적인 시간들이 씨멜라네와 비슷하지 않을까 하는 생각이 들었다. 갑자기 내가 이곳에 있는 가장 큰 이유가 생각났다. 나는 여기 아프리카에 교육적으로 도움을 주기 위해 있는데, 일자리를 제공한다면 지역 주민에게도 또 그녀의 자녀에게도 도움이 될 수 있겠다는 생각이 드는 순간, 나는 그녀를 채용하기로 그리고 스와지를 믿어보기로 했다.

설거지는 내가 하고, 일주일에 한 번 금요일에 빨래하는 조건으로 한 달 150릴랑게니약 15,000원에 임금 협상을 했다. 특히, 분실물이 생기지 않도록 주의해달라고 했다. 씨멜라네는 그 이후 성심성의껏 일을 해주었고 서비스로 현관 청소까지 해주었다. 지금 와서 생각해 보니 만약 그녀가 없었다면 정말 힘든 생활을 했을 것이다. 일주일마다 손빨래한다는 것이 얼마나 힘들고, 지치게 하는 것인지를 해보지 않은 사람은 모른다. 빨랫감을 맡기며 편안함 뿐만 아니라, 스와지 사람들에 대한 믿음과 신뢰도 얻을 수 있었다. 씨멜라네에게 이 책을 빌려 다시 한 번 감사의 인사를 전한다.

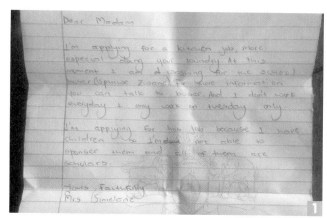

1 나에게 제출한 이력서
2 빨래하고 있는 모습
3 처음 빨래하고 널었던 뿌듯한 순간

돌아오는 마음

 마트에서 장을 보고 양손 무겁게 돌아오는 길이었다. 내 모습을 보더니 멀리서 한 학생이 달려왔고, 나의 짐을 들어주었다. 도와줘서 고맙다며 이 따가 초콜릿을 준다는 약속과 함께 걸어가고 있었다. 무거워서 '빨리 집에 가면 좋겠다!'라는 생각을 하며 땅으로 시선이 내려가는 순간, 길 위에 떨어진 무언가를 발견했다. 돈 봉투였다. "누가 떨어트린 거지?" 하는 말에 학생은 무언가 망설이는 듯했다. 일단 주머니에 넣었고 집으로 갔다.

 도와줘서 고맙다며 초콜릿과 함께 잘 가라고 하는데, 갑자기 그 학생은 아까 주운 돈이 자신의 돈이라며 돌려 달라고 했다. 때마침 눈치가 빨라진 나는 그 학생의 돈이 아님을 직감했다. 돈 봉투에 든 돈이 얼마인지 맞추면 돌려주겠다는 말에 학생은 멋쩍은 웃음을 지으면서 돌아갔다.

 거짓말을 잘하는 이곳 사람들 특성상 모두 자기 것이라고 할 것만 같기에 '돈을 어떻게 찾아줄까' 하는 고민이 되었다. 다음날 학교에서 근무를 하던 중에 씨멜라네가 나를 잠깐 보자고 했다. 올상으로 돈을 잃어버렸다면서 돈을 빌리려고 했다. 어디서 잃어버렸는지 또 얼마나 잃어버렸는지 물어보니, 지폐를 하나씩 넣어 놨기에 정확한 액수는 모른다며 거의 300릴랑게니 정도 있었고 투명 봉투에 넣었다고 했다. 주운 돈을 꺼내서 보여주니,

▶ 돌아온 감사 표시, '저도 감사합니다.'

자신의 돈이라며 고맙다고 했다. 고맙다고 하고도 또 고맙다며, 눈시울이 붉어지는 것을 보았다. 참, 마음이 찡했다. '그 돈이 얼마나 중요했으면 학교 선생님들에게도 빌리려 했을까? 그리고 외국인인 나에게까지 부탁하려고 했을까.' 하는 생각이 들었다. 정말 다시 찾아서 다행이었다. 그날 평생들을 'Thank you'를 다 들은 것 같았다. 집에 와서 돈이 없어진 걸 알고 너무 속상했다고, 다른 사람이 주웠다면 못 찾았을 거라며 정말 고맙다고했다. 원래 주인에게도 잘 돌아가서 참 다행이라고 생각하며 나는 당연히 해야 할 일이었다고 말하며 집으로 돌아갔다. 좋은 일을 해서 그런지 뿌듯한 마음과 함께 집에서 쉬고 있는데 씨멜라네가 오더니 또 고맙다며 사탕세트, 편지와 함께 사례금까지 주었다.

  귀한 돈인 것 같아서 받을 수 없었지만, 그렇다고 거절할 수도 없었다. 하나님의 축복이 가득할 거라는 쪽지가 나를 감동하게 했다. 이들에게 도움이 되어서 뿌듯했고, 감사의 표현에 나는 또 감사함을 느꼈다.

  'God bless you too'

아프리칸 헤어스타일

이곳 학생들에게도 가혹한 두발 규정이 있다.

염색과 파마는 우리나라처럼 기본으로 금지되어있고, 남학생은 대머리부터 적당한 길이만 허용이 되었다. 강한 곱슬머리기 때문에 정확히 몇 센티미터로 규정하지는 않았다. 그냥 보기에 단정해야 했다. 여학생들도 대머리를 하거나 땋아야만 했다. 땋은 머리는 흘러내리는 스타일이 아니라 두피에 붙도록 땋은 머리인데 나의 눈에는 세련되고 아주 깔끔해 보였다.

선천적으로 아프리카 사람과 아시아 사람이 피부색 외에 크게 다른 것은 머리카락이다. 가만히 두면 머리가 두피를 파고 들어갈 정도로 강한 머리카락이 특징이다. 그래서 아프리카 사람들은 꼭 땋든지 자르든지 해야만 했다. 땋은 머리스타일이 멋있어 보여 언젠가 한 번 그들의 머리스타일을 따라 해보고 싶었다. 또 이 정도 머리스타일 정도는 해줘야 '내가 아프리카에 살았다'라고 말할 수 있을 것 같았다. 내가 보기에 그들의 머리 스타일은 정말 예쁜데 그들에게는 늘 봐오던 것이라 질렸는지 생머리를 무척이나 부러워했다. 나의 머리카락을 매만지며 아주 부러운 눈빛으로 바라보았다. 그럴 때마다 "애들아 나는 너희가 부럽다"며 나도 너희처럼 머리스타일을 만들어 달라고 했다. 그러자 다들 너무 약해서 안 될 거라고 하는데 그중 한 학생이 만들 수 있다며 해보겠다고 자신 있게 머리를 만지기 시작했다.

그렇게 도전하게 된 아프리카 머리 만들기!

머리털을 한올 한올 잡아 뜨는 느낌이었다. 고통이 앞에서 뒤로 옮겨가 며 점점 머리털은 두피에 밀착되어 갔다. 머리털을 잡히는 것이 이렇게나 아프구나, 나중에 결혼하고 아내가 아기를 낳을 때는 꼭 수영 모자를 쓰고 있어야겠다는 우스운 생각이 들었다. 절반 정도 만들어졌을 때 학교에서는 저녁 급식을 알리는 종이 울리고 있었다. 소리를 듣고 머리를 땋던 학생은 미안하다며 식당으로 뛰어가 버렸다.

황당했다.
거울 속 내 모습도 더욱 황당했다. 머리는 반 토막만 아프리칸이 되어있 었다. 나름대로 개성 있었지만 전혀 그들의 세련된 느낌이 아닌 병든 닭처 럼 머리털이 없어 보였다. 가장 큰 문제는 두피를 당기는 고통 때문에 잠을 잘 수 없다는 것이었다. 그렇게 힘들게 한 머리스타일이 아까웠지만 앞으로 '내 몸과 맞는 스타일을 해야겠다.'는 다짐을 하며 한 지 얼마 되지 않아 결 국 풀어버렸다.

아프리칸 헤어스타일 체험 끝!

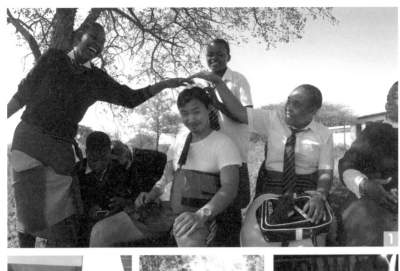

1 학생들이 헤어스타일을 만들어주는 모습
2 머리를 땋은 것과 안 땋은 것의 차이
3 아프리칸 스타일

내 친구 염소

....

  학교에는 염소 식구들도 함께 살고 있다. 꺼벙하고 어리바리한 염소는 참 귀여웠다. 아기염소가 정신없이 풀을 뜯어 먹다가 무리에서 떨어지면 "메!" 하며 소리를 지른다. 우는 것이 아니라 소리를 지르고 있었다. 바이브레이션이 없는 아기염소의 울음소리는 마치 사람이 소리치는 것과 비슷했다. 귀여운 염소를 가까이서 보고 싶은 마음에 염소를 잡으려 했지만 쉽게 잡을 수는 없었다. 마음먹고 뛰어야 겨우 잡을 수 있었다. 아직 민첩하지 않은 아기염소는 살금살금 뒤에서 다가가서 잡은 적이 있었다. '내가 왜 여기 있지?'하는 듯한 아기염소는 이내 상황을 파악했는지 "메―" 하고 엄마 염소를 찾았다. 손에서 우는 아기염소를 바라보며 오래된 어린 시절을 생각나 흐뭇한 웃음이 지어졌다.

  염소는 나와의 만남을 악연이라 생각할지도 모른다. 염소를 잡기 시작한 것은 스와지에 온 지 두 달째부터였다. 당시 나는 요리에 관심이 생겨서 다양한 채소들을 샀다. 그중에는 대파도 있었는데 다 쓴 후에 뿌리를 마당에 심어서 재배하게 되었다. 매일 아침에 물을 주며 자라는 것을 지켜보며 대파가 이렇게 빨리 자라는지 처음 알게 되었다. 점점 길어지는 대파를 보며 농부가 말하는 '자식 같다'라는 말의 의미를 짐작해 보았다. 그러던 어느 날 물을 주려고 보니 대파는 이리저리 뽑혀서 널브러져 있었고 뿌리는 밖으로 다 나와 있었다. 놀러 오는 아이들이 장난쳐 놓은 줄 알고 혼내려고 했는데 저기 멀리서 파를 씹어 먹는 염소가 보였다. 나를 약 올리는 건지 멀리서 나를 보고 웃고 있는 것처럼 같았다.

그날, 어떻게든 염소를 잡겠다는 생각으로 잡을 때까지 뛰었다. 사실, 한 번쯤은 잡아보고 싶기도 했다. 30분이 지나서야 어린 염소를 잡았다. 조그마한 크기에 거친 숨을 몰아쉬며 "메!" 하며 우는 소리에 대파에 대한 복수심은 사라지고 염소를 키우고 싶은 마음이 들었다. 스와지에 더 살았었다면 아마 염소를 키웠을지도 모르겠다. 그날 이후에도 몇 번 더 염소를 잡고 사진을 찍으며 놀았다. 그런데 언제부턴가 나를 피해 다니는지, 염소는 쉽게 눈에 띄지 않았다. 하지만, 여전히 나의 기억 속에는 "메ー"하며 우는 아기염소가 있다.

아빠 미소를 짓게 만들었던 아기염소
스와지에서 염소는 나의 또 다른 친구였다.

'지금은 얼마나 컸으려나?'

1 비를 피하는 아기염소들
2 아기 염소와 함께 셀카
3 도망가는 염소 가족

운동을 하다 보면

....

　평소 운동을 좋아하던 나는 스와지에서도 운동을 하려고 했다. 그러나 내가 사는 지역에는 헬스장 같은 운동할 수 있는 시설은 없었다. 이곳의 선생님들은 운동할 때, 도로 위를 걷거나 뛰고 직접 만든 운동기구를 이용해 운동하곤 했다. 선생님들이 사용하는 운동기구를 처음 봤을 때 입이 딱 벌어질 만큼 신기하고 놀라웠다. 시멘트를 작은 페트병에 부어서 아령을 만들었고, 큰 페인트 통에 부어서 덤벨도 만들었다. 처음에 도구 없이 운동하던 나에게 스와지의 한 선생님 비엠이 함께 운동하자며 집으로 초대했다. 비엠의 집에는 스와지 기구가 있었는데 보이는 것은 형편없었지만, 직접 이용해보니 그 날은 헬스장에서 운동하는 것 같았다.

　살을 빼기를 원했던 비엠. 나에게 운동을 가르쳐 달라며 앉았다 일어나는 하체 운동, '스쿼트'를 가르쳐 주었다. "One More!" 라며 외치는 나에게 "You Want Kill Me" 너는 나를 죽이려 한다며 힘들어했다. 나는 스와지 사람들의 이런 표현을 참 재미있어했다. 진짜 사람을 죽일 때나 쓰는 단어인 줄 알았던 'Kill'은 우리나라와 마찬가지로 '아 힘들어 죽겠다'와 같은 비슷한 의미로 쓰이고 있었다. 보기보다 비엠은 체력이 약했다. 다음날 절뚝거리며 걷는 비엠을 보며 괜스레 미안해졌다. '다음엔 죽을 정도까지 하지 않을게……' 하지만, 그날 이후로 운동하자는 말을 들을 수 없었다.

　나는 주로 유산소운동인 러닝을 하고 팔굽혀펴기나 끊어진 정글짐에서
턱걸이를 했다. 한 선생님이 러닝 코스를 알려주었다. 학교 앞에 있는 도로
는 1차선 도로였지만, 차가 많이 다니지 않았기에 크게 위험해 보이지는 않
았다. 학교를 기준으로 왼쪽으로 가면, 가파른 내리막과 오르막이 있어 힘
든 코스였고, 오른쪽에는 그나마 완만한 경사로 적당한 코스였다. 그날 몸
상태에 따라서 왼쪽으로 갈지 오른쪽으로 갈지 선택하는 재미도 있었다.

　도로 위를 달리다 보면 근처에 사는 학생들이 나를 보고 뛰어온다. 자
기도 뛰겠다며 신발도 제대로 안 신은 채 나를 따라온다. 계속 뛰다 보면
갑자기 "이씨! I'm tired!" 하면서 달리는 것을 멈춘다. 참고로 '이씨'는 욕
이 아닌 재미있는 스와지의 리액션 중 하나이다. 그러는 학생들에게 나는
"See You Tomorrow"라며 계속해서 달린다. 때로는 운동을 마치고 쉬고
있는 나를 보고 어린아이들이 나에게 몸 자랑을 한다. 참 순수한 모습에
나도 윗옷을 벗고 몸 자랑을 하며 아이들과 함께 그 시간을 즐겼다.
　달릴 때 또 하나의 묘미는 먼 곳에 있는 구름과 산들, 그곳에서 불어오
는 바람을 통해 자연을 느끼는 것이다. 탁 트인 경치와 자유로워 보이는 동
물들이 다시 한 번 내가 아프리카에 있다는 것을 상기시켜줬다. 멀리서 번
개 치며 다가오는 비구름을 통해서 몇 시간 후의 날씨 예측도 가능했다.

진한 구름 속에서 번쩍이는 불빛과 함께 번개가 땅에 내리치는 과학책에서
나 볼법한 자연현상도 볼 수 있었다. 스와지에서는 하루아침에 벼락에 맞
아서 타버린 나무를 쉽게 볼 수 있었다. 스와지 도로 옆에는 검정 또는 흰
색 나무들이 많았다. '왜 저 나무들은 저런 색깔이지?' 하며 궁금해한 적이
있는데, 알고 보니 벼락에 맞아서 하얗게 되거나 불에 그슬려서 까맣게 된
것이었다.

　스와지의 중심 도시에는 많지 않아도 헬스장과 수영장도 있다. 그러나
내가 사는 지역은 그 나라 안에서도 특히 원시적인 삶을 사는 그런 곳이었
다. 그 삶 속에서도 우리와 마찬가지 운동을 하고 있었다. 이곳에는 흔히
말하는 황금비율의 몸매를 가진 사람이 많았다. 세상의 모델들이 이곳 출
신일 것 같은 생각이 들 정도로 몸매는 좋은 비율 탓에 아름답게 보였다.
딱히 운동할 필요가 없는 것처럼 보였지만 그들도 운동을 하며 그들만의
몸매 관리를 하고 있었다.

　비록 환경은 달랐지만, 사람들의 삶은 비슷해 보였다. 나는 내가 있는 곳
에서 즐겁게, 또 아이들과 동물들과 어울리며, 자연을 즐기고 느끼면서, 스
와지와 어울리는 운동을 했다.

1 운동하고 있는 모습
2 몸 자랑하는 아이
3 몰려오는 비구름
4 번개 맞은 나무

모두의 밴, Combe

스와지의 대중교통은 콤비Combi라고 불리는 밴이다. 한국에서 밴은 연예인들, 그중에서도 잘 나가는 연예인들만 타고 다니는 차인데, 스와지에서는 모두가 이용하는 대중교통이었다. 한 번도 타 보지 못했던 밴을 이곳에서는 질릴 때까지 탔다. 하지만 날마다 밴을 탈 수 있는 것이 아니다. 때로는 60만㎞가 넘은 봉고차를 타기도 하고, 이게 정말 움직일 수 있는지 의심스러운 차를 타기도 한다. 어느 차나 사람을 가득 채우기 때문에 밴이나 봉고차의 승차감은 큰 차이가 없다. 편안한 승차감은 힘 좋은 엔진과 깨끗한 시트가 아니라 어떤 사람이 옆에 타는지에 따라 달라진다. 나에게 제일 좋은 콤비는 가장 먼저 오는 차와 터미널에서 한자리 남은 콤비다. 목적지에 가장 일찍 도착해서 시간을 절약할 수 있기 때문이다.

터미널은 '빵—빵—' 하는 경적 소리로 시끌벅적하다. 위험을 알릴 때 경적을 울리는 한국과는 달리, 스와지 터미널에서는 '나 이제 출발하니까 빨리 타'라는 의미이다. 혹시 경적 소리를 듣고 열심히 뛰어갔는데 빈자리가 많다면, 속은 것이다. 좌석이 가득 찰 때까지 기다려야만 한다. 터미널 입구에서는 여기저기서 어디로 가는지 많이들 물어본다. 자기 차에 태우려는 모습이 나이트 호객꾼 같지만 사실은 혼잡없이 차에 빨리 태우기 위해 일을 하는 사람들이었다.

콤비 기사들에게는 자신의 순서를 기다리는 그들만의 질서가 있었다. 그러나, 간혹 콤비와 버스가 경쟁할 때가 있다. 자신들의 차에 태우기 위해서 부차장들끼리 서로 다투기도 한다. 콤비와 버스는 조그마한 차이가 있다. 콤비는 버스보다 더 비싸지만 빠르게 도착하고 버스는 그 반대다. 버스는 승객의 수와 상관없이 정해진 시간에 출발하지만 모든 정류장에 정차하기 때문에 오래 걸린다. 그에 비해 콤비는 목적지까지 바로 가기 때문에 훨씬 빠르다. 버스를 한 번 타 본 적이 있는데 콤비로 2시간이면 충분한 거리를 3시간이 넘게 걸렸던 이후로 버스로 눈길조차 주지 않았다. 가격은 500원 차이. 그 500원으로 스와지의 1시간 이상을 벌 수 있었다.

콤비가 출발하는 시간은 딱히 정해져 있지 않다. 출발은 오직 승객 수에 의존하는 콤비 드라이버들은 승객이 가득 차야만 액셀 페달을 밟았다. 그렇게 해야 최대로 돈을 벌 수 있기 때문이다. 그나마 다행인 것은 한 자리에 한 사람씩 앉는다는 것이다. 어떻게든 사람을 많이 태우려고 자리가 없는 곳까지 태우지는 않았다. 1인 1좌석이라는 것이 공평하게 느껴졌지만 때로는 불편했다. 두 자리가 필요할 만큼 부피가 큰 사람들 사이에 끼어서 가게 되면 앞이 아닌 옆을 보면서 가야 하기 때문이다.

스와질란드 콤비 안에는 나름의 규칙이 있다. 짐이 많은 사람을 위해 운전석 뒷자리 첫 번째 줄을 비워둔다. 집이 멀고 차가 없는 사람들은 시내에 자주 나오지 못해서 한 번 나오면 많은 물건을 사야만 한다. '저 많은 물건을 어떻게 들까?' 하는 생각이 들 정도로 많았다. 그러나 그들은 프로였다. 어머니들은 머리에 이고 양손에 가득 들고 간다. 마치 짧은 서커스를 보는 듯했다. 그리고 누군가 내릴 때 자리를 비켜주지 않아도 되기 때문에 가장 인기 있는 좌석은 조수석이다. 반대로 마지막에 타게 되어 문 옆에 앉는다면, 내리기 전까지 누군가의 자동문이 되어주어야 한다.

중간에 사람들이 내려서 생긴 빈자리는 다른 정류장에서 사람들을 태워서 간다. 기사가 멀리서 사람이 콤비를 타기 위해서 손을 흔들며 오는 것을 보고 그 사람이 올 때까지 기다리거나 있는 곳까지 후진으로 가서 태워 가기도 한다. 빨리 목적지에 가고 싶은데 이럴 경우는 황당하긴 하다. 많은 승객이 콤비를 탈 수 있도록 신경 쓰는 스와지 사람들은 정이 있었다. 정확히는 정이 있는 건지, 차비 때문인지는 모르겠지만, 모두를 배려하는 푸근한 인심이라 생각하고 싶다.

1 콤비 안에서의 모습
2 짐을 실어 놓은 콤비
3 많은 짐을 들고 가는 어머니
4 길게 줄 서있는 콤비들

벼락 맞은 노트북

....

쿠지직 콰쾅!

'팟–!' 하고 꺼져버린 노트북.

스와지에서 지낸 지 얼마 안 됐을 때의 일이다. 역시 우기에는 비가 자주 왔다. 비가 많이 오던 어느 날이었다. 아침의 하늘에는 분명 맑았는데 갑자기 어두워지고 비가 내리기 시작했다. 정확히는 비가 내린다기보다 하늘에서 누군가가 일부러 비를 쏟은 것 같았다. 다행히도 비는 오랫동안 오지 않고 지나가는 소나기 중 하나였다. 일과를 마치고 저녁밥을 먹으며 무한도전을 보고 있는데 멀리서 천둥소리가 들려오기 시작했다. 문득 낮에 널어놓은 빨래가 생각이 나서 걷으러 나갔다. 먼 산 너머로 축제인지 전쟁터인지 모르게 하늘이 번쩍이고 있었다. 스와지에서 번쩍이는 하늘은 이제 곧 정전과 함께 어둠이 다가옴을 뜻한다는 것을 그때는 몰랐었다.

스와지에서는 종종 천둥 번개가 전봇대나 송전탑에 내리쳐서 전력이 끊어지기 때문에 비가 오면 자주 정전이 된다. 그 때문에 주민들은 정전에 대비해 항상 양초를 준비해 놓았다. 학창시절 캠프파이어 할 때 빼고는 켜보지 않았던 촛불을 켜고 붉은빛을 바라보며 옛 추억에 빠져 보곤 했다.

천둥소리는 점점 가까워져 마치 문 앞에서 전쟁이 난 것 같았다. 쿵쾅쿵쾅, 천둥소리는 어느샌가 총소리, 대포 소리로 바뀌어 있었다. 그 소리는 귀가 따끔할 정도로 컸다. '집 안이라면 안전하겠지?' 하는 순간, '우지끈', 하는 소리와 함께 집에 모든 불이 다 갑자기 꺼지고 방 안의 모든 콘센트에서 불꽃이 튀었다. 충전하는 것을 잊고 있던 노트북 화면에서도 불꽃이 튀며 화면이 꺼져버렸다. 천둥소리는 다시 멀어지면서, 이내 전기는 다시 돌아왔지만, 노트북 안의 유재석은 다시 돌아오지 않았다.

황당했다. 어떻게 해야 할까? 난감했다. 그 날은 어떻게 할 수가 없어서 핸드폰만 만지작거리다가 잠이 들었다. 다음날 간 학교에는 나처럼 노트북 전원이 나간 선생님이 또 있었다. 서로 웃으며 놀렸다. 어떻게 고쳐야 하는지 물어보니 스와지는 이런 경우가 자주 있는 편이고 쉽게 고칠 수 있다고 선생님은 자신 있게 이야기했다. 선생님은 며칠을 수소문해서 알아보고는 스와지에서는 고칠 수 있는 곳이 없다고 했다. 내 노트북이 최신 모델이라는 것이 그 이유였다. 그 당시 사용하던 노트북은 출시된 지 2년이 넘었지만, 이곳에는 아직 들어오지 않은 최신 모델이었다. 고치기 위해서는 남아공의 삼성 서비스센터에 가야 한다고 했다.

'그냥 새로 살까?' 하는 고민도 잠시, '왜 충전기를 빼지 않았을까? 왜 이런 시련이 나에게 주어졌을까?' 하며 자책했다. '내가 컴퓨터를 너무 쓸데

없이 많이 했다'는 생각에 컴퓨터를 이용해 일했던 것들을 모두 직접 손으로 하며 원시적인 삶을 살아 보기로 했다.

그렇게 잠시 현대문명에서 벗어나 보기로 했다.

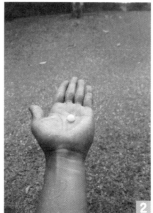

1 번개 치는 스와지
2 우박 오는 어느 날
3 새로 산 컴퓨터

스와질란드에서 분필을 들다

남아공 서비스센터 찾기!

그렇게 3개월 동안 컴퓨터 없이 살았다.

누군가 '아프리카에서 컴퓨터 없는 삶은 어땠어?'라고 물어본다면 주저하지 않고 이야기할 수 있다. '심심하다'고.

'일기도 써야 하고 보고서도 제출해야 하고, 아이들 프린트도 만들어야 하고……' 적당한 핑계들을 찾은 다음에 노트북을 고치기로 했다. 또한, 앞으로 컴퓨터로 인한 시간 낭비를 하지 않기로 나와의 약속과 함께 남아공으로 출발했다. 5시간에 걸려서 간 남아공 'Park Station'이라 불리는 터미널에 내리고 '어떻게든 가겠지!' 하며, 안일하게 생각했던 탓에 다음에 어디로 가야 할지 몰랐다. 그제야 부랴부랴 인터넷을 켜고 가까운 지하철을 타기 위해서 핸드폰으로 구글 맵을 보며 주변을 두리번거렸다. 어디로 가야 하는지 몰라 주변을 왔다 갔다 하는 모습이 튀었는지 한 흑인이 말을 걸어왔다.

"어디 가고 싶은데?"

"나 지하철 탈 수 있는 곳을 찾아"

"따라와"

따라갈 수밖에 없었다. 이동하면서 혹시나 하는 마음에 "나는 돈 없다"고 몇 번이나 이야기했는데 "그냥 도와주고 싶다"며 따라오라고 했다. 그러나 지하철에 도착해서 떠나려고 할 때 그 친절했던 사람은 어디로 가버리고 무서운 사람으로 돌변했다. 역시 그는 돈을 요구했다. 주면 그냥 고맙다며 돌아가지만, 안주면 줄 때까지 소리를 지르거나, 화를 내며 욕하는 경우도 있고 심하면 폭력까지 쓴다고 했다. 심하면 폭력까지 쓴다고 한다. 빨리 가고 싶은 마음에 15랜드₁,₅₀₀원를 주었다. 왠지 그럴 거라고 짐작해서 그런지 크게 실망하지는 않았다.

사실 이런 경우는 흔하다고 한다. 처음 온 것 같은 외국인의 짐을 들어주거나, 길을 알려주거나 또 궁금한 것을 해결해 주면서 돈을 요구하는 수법이다. 휘말리지 않으려면 처음부터 완강하게 거절해야 한다. 그러지 못했던 내 잘못이기도 했다.

처음 와 본 남아공의 지하철은 참 깔끔하고, 서울의 노선보다는 단순했다. 또한 콤비보다 안전하고 빠르기에 많은 사람이 지하철을 이용하고 있었다. 그러나 비싼 표 가격 때문에 돈이 있는 사람들(대부분 백인)만 지하철을 이용하고 있었다. 콤비로 20랜드면 갈 수 있는 거리를 지하철로 가면 3배 가까운 금액이 들었다. 인터넷에 나온 대로 가까운 역인 샌톤 역에 도착해서 택시를 잡았다. 기사는 가격표를 보여주면서 200랜드라는 터무니

없는 금액을 불렀다. 비싼 금액에 그냥 걸어갈까 하다가 도저히 걸어서 갈 수 없는 거리였고, 많이 위험하다고 알려진 도시에서 조심해야만 했다. 결국 울며 겨자 먹는 심정으로 택시를 타게 되었다. 마지막에 겨우 흥정을 해서 150랜드에 탔다. 그리고 구글 맵에서 안내해 준 곳으로 갔는데 삼성 서비스센터는 찾을 수 없었다.

분명히 이곳에 있어야 하는데 하며 주위를 두 바퀴나 돌아봤는데도 삼성서비스센터는 보이지 않았다. 주변에 돌아다니는 사람들에게도 물어봐도 잘 모른다고 했다. '못 고치겠네.' 하며 포기하려던 순간, 영화처럼 코너에 조그마한 삼성 간판이 보였다. 삼성 간판이 너무 작아서 보지 못했던 것이다. 찾고 너무 기뻐서 나도 모르게 '와!' 하는 소리가 나왔다. 콜럼버스가 신대륙을 발견했을 때 이런 느낌이었을까? 찾았다는 표현보다 발견했다는 표현을 쓰고 싶다. 힘들게 온 것을 알았는지 담당자는 나를 참 반갑게 맞이해주었다. 노트북 전문 수리기사답게 문제를 한 번에 알아보고 해결방법을 안내를 해주었지만 안타깝게 그곳에서도 바로 해결해 줄 수는 없다고 했다. 빨리 수리를 할 수 있는 한국이 그리운 순간이었다. 해외에서 부품을 주문해야 한다면서 2주 후에 연락을 주겠다고 했다. 그렇게 남아공에 한 번 더 와야만 했다. 기다리면 노트북을 고칠 수 있겠다는 기대와는 달리 돌아온 대답은 고칠 수 없다는 것이었다. 부품이 최신이라 오는데도 시간이 걸릴뿐더러 구할 수 없는 것이 그 이유였다. 남아공의 최신은 한국의 몇 년 전이냐며 투덜거리며 결국 노트북 쇼핑을 하게 되었다.

스와지에서 노트북을 쓸 수 없게 되면서 얻은 것이 있다. 텔레비전 프로그램만 보던 시간에 나가서 아이들과 놀게 되었고, 수업준비에 더욱 박차를 가했고, 책을 읽기도 했다. 나에게 주어진 시간이 참 많았지만…….. 역시 심심했다.

한국 돌아온 후에 노트북을 고치러 가 보니, 부품은 바로 구할 수 있었고, 다음날 찾을 수도 있었다. 고장원인을 묻는 직원의 물음에 아프리카에서 벼락을 맞고 수개월 동안을 고치려고 애썼다고 하니 수리기사님도 나도 웃음이 터졌다.

'요즘 같은 시대에 노트북이 벼락을 맞다니'

여유? 거짓말? 아프리칸 타임

　아메리칸 타임American Time, 코리안 타임Korean Time이 있듯 스와지에도 아
프리칸 타임African Time이 있었다. 아프리카 사람들이 약속된 시간보다 늦는
시간을 아프리칸 타임이라고 한다. 한국에서 친구가 전화로 "어, 거의 다
와 가!"라고 하는 것, 중국집에서 "방금 출발했습니다"라고 하는 것은 웃
으며 기다릴 수 있었지만, 이곳 사람들이 말하는 "거의 다 됐어, 조금만 더
기다려"라는 말은 나의 웃음을 사라지게 했다. 혹시 아프리카에서 이런 말
을 듣는다면 믿지 말라고 말해주고 싶다. 시간의 여유가 있다면 기다려도
되지만 보통 사람들이 이해할 수 있는 범위의 시간보다 길기 때문이다. 길
다고 느낀 것이 아니라, 확실하게 길었다.

　학교에서 다른 학교와의 스포츠 대결을 위해 버스를 타고 가야 했던 적
이 있었다. 8시까지 학교에 오라는 말에 7시 50분부터 기다리고 있는데 8
시가 되도록 학교 선생님들과 학생들은 모두 모이지 않았다. '오늘 가긴 가
나?' 하며 기다리는데 그들은 버스를 타기 위해 모인다든지, 인원점검을 한
다든지 또는 빨리 오라며 버스 기사에게 독촉전화를 한다든지 준비하는
모습을 볼 수 없었다. 내가 날짜를 헷갈렸나 할 정도였다. 약속 시각이 30
분이 지나는데도 출발할 기미는 보이지 않았다. 현지 선생님들은 웃으면서

계속 자기 할 일을 하고 있었고, 초조해하는 건 나 혼자였다. "8시까지 오기로 하지 않았느냐?" 라는 말에 선생님은 "This is African Time" 하며 웃었다. 선생님의 웃음에 덩달아 나도 웃었는데 결코 웃겨서 웃은 것이 아니라 '여기도 그런 시간이 있나?' 하는 헛웃음이었다.

"8시까지 도착할게." 하며, 9시에 집에서 나오는 모습이 그들에게는 여유일지 모르지만, 나에게는 거짓말 한 것처럼 느껴졌다. 그러나 이곳 사람들은 서로 그런 모습들을 모두 이해하는지 화내거나 짜증 내는 사람들이 없었다. 되는대로 하면서 편안해 보이는 그들의 표정에는 여유가 묻어났다. 오히려 그런 모습을 보면서 답답해하는 나를 걱정하지 말라며 달래주었다.

미안해하며 늦은 이유에 대해 말하는 버스 기사를 보고 선생님은 괜찮다며 웃고 있었다. 나였으면 도저히 웃음까지는 나오지 않을 것 같았는데 이곳 선생님들의 웃음은 도대체 어디서 나오는지 궁금해졌다. 그들의 삶에는 여유가 있었다. 언제부턴가 잊고 살았던 '여유'라는 단어. 먼지 묻었던 그 단어가 이곳에서 떠올랐다. 약속 시각을 지키지 않으면 예의 없다고 판단했던 내 생각이 이곳에서는 스와지 사람들을 이해하는 데에 걸림돌이 되어있었다.

학교뿐 아니라 스와지 구석구석에는 여유가 흐르고 있었다. 그들이 가지고 있는 여유가 참 부러웠고 바쁘게 살아왔던 나에게 정말 필요한 것이었다. 어떤 상황에도 웃을 수 있는 여유. 스와지 사람들의 마음에는 모든 기다림을 즐거움으로 만들 수 있는 여유가 넓은 바다가 되어 파도치고 있었다.

　조금 긴 것이 여전히 아쉽지만······.

믿지 못할 콤비 드라이버

굳이 이곳 사람들의 단점을 뽑자면 거짓말을 참 잘한다는 것이다. 그것 또한 그들의 문화라는 생각에 이해하려 했고 나에게 딱히 큰 피해를 주지 않아서 넘겼었지만, 화가 났던 순간이 있었다.

지난번 벼락 맞은 노트북 대신해 새로 샀던 노트북에 문제가 있어서 교환해야 했다. 다시 말해, 남아공 요하네스버그Johannesburg(조벅)를 또다시 방문해야만 했다. 조벅을 가는 것은 많은 시간이 필요해서 주말을 이용하기로 했다. 나의 계획은 금요일 마지막 수업이 끝나자마자 바로 상하누(중도시)에 가고 그다음에 만지니Manzini(대도시)로 이동하고, 근처 게스트하우스에서 하룻밤을 묵고, 다음 날 아침 조벅 가는 첫차를 타는 것이었다. 상하누에 도착해 만지니로 가려고 걸어가던 중에 어떤 사람이 여기도 조벅으로 가는 차가 있다고 했다. 정말 한쪽 구석에는 조벅이 적힌 콤비가 있었고 역시 사람이 가득 차야만 출발한다고 했다. 그때 시계는 오후 2시 반을 지나고 있었고 9명이 콤비 안에 있었다. 콤비 드라이버는 금방 찰 거라며 기다리라고 했다. 그 말을 무시하고 계획대로 해야 했는데……. 나는 기다렸다.

한 시간이 지나도 두 시간이 지나도 사람은 오지 않았다. 생각해 보니 오늘 밤이라도 조벽으로 출발하기만 하면 숙박비와 이동시간이 줄어들기 때문에 나에게는 이익이었다. 차에서 기다리다 지쳐 저녁으로 햄버거를 사왔다. 사는 동안 혹시 콤비에 사람이 가득 차서 떠나진 않을까 하는 걱정으로 서두르며 샀는데 그것은 괜한 걱정이었다. 오히려 콤비에 있던 사람이 더 줄어버렸다.

순간 짜증이 나서 "뭐야, 여기 사람들 다 어디로 갔어!?" 라고 물어보니, 모두 나처럼 저녁 먹으러 갔다고 했다. 그리고 사람이 있든 없든 7시에 출발할 테니까 기다리라고 했다. 일정 시간이 지나면 터미널은 문을 닫아야 하는 제한시간 때문에 콤비는 어디론가 이동해야만 했다. '설마 여기서 거짓말은 안 하겠지?' 생각하며 기다렸다. 사실은 갈 곳이 없어서 기다릴 수밖에 없었다. 그렇게 끈질기게 기다렸는데 아까 그 사람들은 어디로 갔는지 콤비 안에는 4명이 있었다. 나중에 알고 보니, 처음부터 조벽에 가는 사람들은 없었고 운전기사가 아는 사람들이 콤비 안에서 놀고 있었던 것이다. 사람이 많아 보이기 위한 속임수였다.

문을 닫아야 하는 시간이 되었을 쯤, 기사는 오늘은 사람이 없어서 출발하지 못한다고 내일 다시 오라는 황당한 말을 했다. 그 말을 듣는 순간 나도 모르게 욕을 할 뻔했다. 자그마치 한 곳에서 기다린 시간은 5시간이었고, 다시 집에 돌아갈 교통편은 이미 끝나버린 상태였다. 그리고 이렇게 돌아가면 시간도, 돈도 모두 손해였다. 투자한 시간이 너무 아까웠고 특히 그의 거짓말에 화가 났다.

"나를 만지니에 데려다 놓든지, 조벅에 데려다 놓든지 해라! 당신 때문에 소중한 내 시간과 돈을 썼다. 당신이 기다리라고 해서 지금까지 기다렸으니 당신이 책임져야 한다!" 라고 잘하지도 못하는 영어로 또박또박 이야기했다. 화가 나면 영어가 잘 나오는 듯했다. 나뿐만 아니라 3명도 한꺼번에 항의했다. 드라이버는 아무리 계산해봐도 본전도 못 찾고, 시간도 아까웠는지 고개를 저으며 조벅에 가기엔 사람이 부족하다는 말만 되풀이했다.

결국 드라이버는 "국경에서 내려줄 테니 그곳에서 알아서 가"라고 했다. '뭐라고!?' 어떡할지 고민하던 중에 콤비는 국경으로 출발했다. '그래 이미 엎질러진 물이다!' 하며 몸을 맡기로 했다. 솔직히 무서웠지만, 혼자 가는 것이 아니라 함께 가는 동료가 있어서 용기를 내보기로 했다. 국경에 도착해서 우리는 히치하이크를 하기 시작했다. 어둠 그리고 추위와 싸우면서 국경을 지나는 차량을 기다리고 있었다. 한 30분쯤 지났을까? 덤프트럭한 대가 오고 있었고 기사에게 도와달라고 요청했다. 우리는 콤비와 똑같은 차비로 드디어 조벅으로 갈 수 있는 차편을 구하게 되었다. 우리 중 두 명은 다시 집으로 돌아가 버렸는지 보이지 않았다. 그렇게 나와 한 명의 흑인이 지나가던 덤프트럭에 몸을 싣고 출발했다.

국경 경비원도 자기 나라가 위험하다고 경고를 해서 더 무섭게 느껴졌다. 그러나 당시에는 별일 없으리라 생각했고, 내 시간을 더 소중하게 여겼다. 조벅으로 가는 길은 가로등이 하나도 없어 고요했다. 중간중간 지나치는 마을에 가게는 문이 굳게 닫혀 있었고 곳곳에 켜진 네온사인 간판과 술 취한 아프리카 사람들이 거리를 돌아다니는 것이 버려진 도시의 좀비를 생각나게 했다. 무사히 돌아올 수 있기를 기도하며 어둠 속으로 끝이 보이지 않는 도로를 바라봤다.

함께 탄 흑인과 운전자가 계속 대화를 하면서 와서 나는 편했다. 그러다 말하는 소재가 다 떨어졌는지 갑자기 나보고 이야기 좀 하라며 자리를 바꾸자고 했다. 나도 딱히 할 말이 없었고 조용히 가고 싶었지만, 그래도 대화을 해야 할 것 같았다. 그는 자신을 잭슨Jackson이라고 소개했다. 남아공에서 스와지에 고기를 배달하는 일을 하며 하루에 400㎞가 넘는 거리를 이동한다고 했다. 이야기하다 보니, 혹시나 하는 불안한 마음은 사라지고 이미 친구가 되어있었다. 4시간쯤 달려 조벅에 도착을 했다. 잭슨은 우리를 조벅 근처 주유소에서 세워주고 지금 시내로 나가면 위험하다며 이곳에서 해 뜰 때까지 있다가 첫차를 타고 가라고 했다. 시계는 새벽 3시 30분을 가리키고 있었다. 그렇게 주유소 사람에게 양해를 구하고 가게 옆에 있는 창고에서 날이 밝기를 기다렸다. 5월의 아프리카는 추웠다. 무서운 생각과 동시에 극복하고 있다는 뿌듯함이 느껴졌다. (난 참 운이 좋았다. 절대

따라 하지 않길……)

　그녀의 이름은 프린세스princess, 상하누에서 옷 가게를 운영하고 조벅에 팔기 위한 옷들을 사려고 왔다고 했다. 나도 옷을 좋아하는데 가게에 들려 보겠다는 이런저런 이야기를 하면서 시간을 같이 보냈다. 긴장 탓인지 추위 탓인지 몸은 바들바들 떨렸다. 추위를 이겨보려고 밖으로 나가보니 하늘은 날이 밝을 준비를 하고 있었고, 콤비들은 사람들을 태우고 있었다. 새벽 5시가 넘은 시간, 첫차가 움직이는 시간은 한국과 비슷했다. 그중 하나를 잡아타고 우리는 시내로 향했다. 프린세스는 내가 걱정되었는지 시내에 다른 콤비를 타는 곳까지 데려다주었다. 시내에는 술에 취해서 길에서 자는 사람들 반 출근 하는 사람들 반이 있었다.

　쇼핑센터가 그리 멀지 않은 곳에 있어 남아공 콤비를 타기로 했다. 9시부터 문을 여는 쇼핑센터에 1시간이나 일찍 도착한 나는 쇼핑 마니아처럼 문 앞에서 첫 번째로 기다렸다. 잠을 못 자서 피곤했지만 긴장한 탓에 졸리지는 않았다. 쪼그려 앉아서 어떻게 집에 돌아갈지 생각을 하고 있을 때, 한 여자가 "아르바이트에 지원하러 왔냐?"며 말을 걸었다. 생각지도 못한 질문에 아니라며 웃음이 터졌다. 노트북을 바꾸러 왔다고 이야기하니, 가게가 열릴 때까지 자기 가게에서 기다리라고 했다. 그녀의 이름은 놈사Nomsa, 향수 가게 사장님이었다. 친절하게도 아침을 못 먹은 나에게 햄버거를 사주었다. 아르바이트를 구하기 힘들다며 나와 함께 일했으면 한다고 했다. 그 제안이 재미있게 들렸지만 나는 지금 스와질란드에서 학생들을 가르치고 있다며 그녀의 러브콜을 거절했다. 서로 이야기를 나누면서 가까워졌다. 놈사는 아이가 있는데 아직 결혼하지 않았다는 이해할 수 없는 말을 했다. 알고 보니 아프리카는 결혼하지 않고 아이를 갖는 것이 보편적이었다.

어느덧 시간이 되어 컴퓨터 가게로 가 보니 문이 열려 있었고, 무사히 노트북 교환도 할 수 있었다. 정말 위험한 나라에 히치하이크로 가서 위험한 일없이, 좋은 친구들을 사귈 수 있었던 기적 같은 시간을 보낼 수 있었다.

남아프리카 공화국에서 대중교통을 되도록 이용하지 말라는 소리를 많이 들었다. 남아공에서 한 한인이 택시를 탔는데 원래 목적지를 벗어나 으슥한 곳에서 흉기로 위협하며 소지품을 모두 빼앗기도 했고 낮인데도 불구하고 길거리에서 소매치기를 당한 사람도 있고 이 외에도 안좋은 사건들이 많이 있었다. 한인들은 남아공에서 히치하이크 한 사람은 내가 처음이라며 웃으시면서 상당히 운이 좋았다고 한다. 나도 그렇게 생각한다. 그것이 위험한 것을 미리 알았다면 하지 않았을 것이다. 또한, 이렇게 웃으면서 이야기할 수 있음에 감사하다.

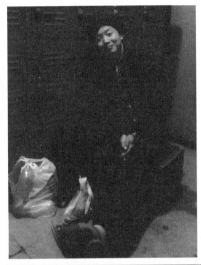

1 창고에서 기다리던 나와 프린세스
2 히치하이크 했던 화물 트럭
3 남아공 향수 가게 사장님 놈사miss Nomsa와 함께

스와지에는 없는 사람은 있지만, 없는 것은 없었다.

현대 시대에 발맞춰 스와지에도 영화관, 사우나, 쇼핑센터 그리고 카지노까지 있었다. 영화관 스크린이 그립다면 영화관에, 땀을 빼고 싶을 땐 사우나에, 옷을 사고 싶을 때 쇼핑센터로, 특별한 게 필요하다면 카지노에 가서 심심함과 한국에 대한 그리움을 달랬다. 많지는 않았지만, 스와지에도 있을 건 다 있었다. 슬프게도 내가 이런 시설을 이용하려면 4시간을 투자해 시내로 나가야 했다.

스와지의 영화관은 국내에 단 한 군데뿐이다. 한국보다 조금 느리지만 최신영화들도 상영되고 있었다. 영어 자막이 따로 나오지 않는 것이 아쉬웠다. 한국 돈 5천 원 정도면 영화를 볼 수 있는데 영화관에서 영화를 보고 싶은 날, 최신영화를 보고 싶은 날에는 스와지 영화관으로 향했다. 팝콘에 콜라 한 잔이면 내가 아프리카에 있는 것인지 한국에 있는 것인지 잠시 헷갈릴 수 있는 시간이었다.

'Royal Swazi'는 스와지에서 가장 고급스러운 호텔이다. 그곳에는 고급

레스토랑과 수영장, 사우나와 카지노가 있다. 외국인에게는 상당히 호의적인 편이라 후줄근한 옷을 입고 가도 아무런 제재를 받지 않았다. 수영장은 넓지 않아 자유롭게 수영을 할 수 없었지만, 기분은 낼 수 있었다. 아프리카에서 즐기는 사우나는 잠시 나를 귀족으로 만들어 주기에 충분했다. 사실 한국에서도 호텔에 가 본 적이 없어서 마치 좋은 나라에 여행 온 느낌이었다. 그곳의 회원권을 산다면 스쿼시와 테니스도 할 수 있었고 호텔의 모든 부대시설을 무료로 또는 아주 적은 돈으로 이용할 수 있었다. 그러나, 한 달에 한 번 시내로 나오는 나에게는 사치였다.

매번 입는 옷이 질릴 때쯤에는 쇼핑센터로 향한다. 스와지에도 예쁘고 품질 좋은 옷들이 많았다. 샤넬, 구찌, 디젤 같은 명품 옷들도 있었고 역시 가격은 똑같이 비쌌다. 아프리카의 유니클로 같은 곳에 가면 2~3만 원대로 괜찮은 옷들을 구할 수 있었다. 스와지 쇼핑센터의 또다른 특징은 마네킹이다. 가게 안에 있는 마네킹은 검거나 통통했다. 가게 안의 마네킹의 모습은 그 나라의 일반적인 사람들이 모델이었다. 옷이 예쁘게 보이도록 날씬하고 긴 마네킹을 이용하지 않았고 그곳 사람들과 잘 어울리는지 아닌지를 쉽게 알아 볼 수 있도록 도와주고 있었다. 스와지의 쇼핑센터는 옷이 우선이 아니라 사람이 우선이었다. 또한 아프리카라고 모두가 전통 옷만 입고 다니는 것이 아니었다. 스와지의 젊은이들도 유행에 민감했다. 거리에서 패션 감각을 뽐내는 사람들을 보면 이 거리도 밀라노와 크게 다르지 않을 것 같았다.

취미가 없어서 이용하지는 않았지만, 스와지에는 골프와 승마도 값이 싸고 유명하다고 한다. 한국에서는 고급운동으로 여겨지는 데에 비해 이곳에서는 마치 탁구처럼 누구나 이용할 수 있는 흔한 운동이었다. "골프 치러 가자"라는 말은 '탁구 하러 가자'와 차이가 없었다. 골프와 탁구, 두 운동 모두 똑같은 스포츠인데 그동안 나는 왜 내가 접할 수 없는 운동이라 생각했을까?

타지 생활 중에 가장 힘들었던 순간은 모두 한국에 대한 그리움으로부터 시작되었다. 소중한 사람들과의 즐거운 추억들을 이곳에서도 함께 했으면 하는 마음이었다. 때때로 날씨와 그때의 냄새들이 간직하고 있던 추억을 떠오르게 했다. 그날을 떠올리며 내가 할 수 있는 것은 흐뭇한 미소를 짓는 것이 전부였다. 간혹 그런 추억들이 그리울 때면 카페에서 혼자만의 시간을 갖거나, 영화를 보거나 쇼핑을 하며 시간을 보냈다. 그리고는 이곳에서의 시간도 추억으로 만들기 위해 웃으며 주변을 바라보았다.

1 스와지 호텔 & 카지노
2 스와지 수영장 & 영화관
3 스와지 패션 피플

신난다! 축제다!
스와질란드에는 3개의 크고 유명한 축제가 있다.

1월에 인츠왈라Incwala 축제
3월에 마룰라Marula 축제
8월에 갈대(리드) 댄스Reed Dance 축제

인츠왈라 축제는 스와질란드 왕의 권력을 과시하기 위한 행사이고, 마룰라 축제는 스와질란드의 전통 술인 마룰라를 즐기며 각 지역의 특색 있는 퍼레이드를 볼 수 있다. 갈대 축제는 리드댄스 축제라고도 불리며 왕비를 간택하는 축제로 많이 알려져 있다. 전국의 많은 사람들이 행사를 위해서 와서 공연하고 수많은 경찰과 군대까지 동원되는 큰 행사이다. 세 축제 모두 왕이 참석하고 다양한 나라에서 관광객들이 이 축제들을 보기 위해 오기도 한다.

스와지에 오자마자, 적응하기 바쁠 때 갔던 인츠왈라 축제에서는 몇몇 무리가 왕에게 충성을 맹세하는 흐릿한 장면이 떠오른다. 더 가까이에서 보기 위해서는 공항검색대처럼 금속을 탐지하는 문을 통과해야 했고, 오직 전통복장을 입은 사람만 입장이 가능했다. 멀리서 구경하며 사진을 찍으려 했지만, 그 역시도 "No photo" 하며 찍지 말라고 했다. 그렇게 엄숙한 분위기 속에서 행사는 진행되었다.

그에 비하면 '마룰라' 축제는 너무나 경쾌했다. 집에서 먼 곳에서 열리는 축제라 포기하고 있었는데 히포의 도움으로 차를 타고 가게 되었다. 가는 길에 한국 선생님을 한 명 태웠고 그곳에서 다른 한국 선생님들도 모두 만나게 되었다. 만나자는 약속 없이 만나서 더욱 반가웠고 함께 축제를 즐겼다. 먹거리 축제답게 길 주변에는 음식들을 팔고 있었고, 마룰라를 거하게 마시고 취한 사람들이 많이 있었다. 운동장에서는 퍼레이드가 진행되었다. 많은 사람이 대열을 갖춰서 왕이 보는 앞에서 행진하고 있었고, 왕이 격려하는 모습이 북한을 생각나게 했다. 왕이 있는 곳은 언제나 경비가 삼엄하고 사람들도 몰려서 복잡해진다. 그 복잡한 곳을 벗어나 나온 길거리에는 축제에 온 외국인이 신기했는지 주변에서 소리를 지르며 과하게 반겨주었고, 피부 접촉 또한 서슴지 않았다. 그들은 열정적인 것을 넘어 과하게 축제를 즐기는 듯했다. 축제를 즐기는 사람들은 밤새워 놀고 해가 뜨면 집으로 간다고 히포는 말했다. 밤새 축제를 즐기기에는 체력이 부족했다. 피곤함을 느껴 히포에게 집에 가자고 하며 나이 탓을 했다. 그렇게 밤에 운전해서 집에 가게 되었는데, 그날에는 스와지에서 밤에 운전한다는 것이 얼마나 위험한지 알게 되었다.

◆ 당당하게 행진하는 스와지 여성들

　마룰라 축제 이후에 스와지는 한동안 조용하다가 8월 말에 갈대 축제
가 열렸다. 미혼의 여성들이 갈대를 꺾어 왕의 어머니에게 충성을 맹세하
고 왕은 새로운 왕비가 선택되는 축제이다. 수년간 신분상승을 위해 갈대
축제를 준비해온 여성들도 있다고 한다. 지역별로 전통 복을 입고 퍼레이드
를 하고 모두 모인 곳에서 왕이 둘러보고 왕비를 선택한다. 선택되지 않는
사람들의 시샘인지 사람들은 이미 정해진 내정자가 있다고 말을 한다. 스
와지의 전통복장은 가슴과 엉덩이가 모두 보였다. 아래의 중요 부위만 가
린 채 춤을 추며 자신의 몸매를 뽐내는 모습에 눈을 어디에 둬야 할지 몰
랐다. 이 축제는 세계적으로 많은 이야기가 있지만, 그들은 상관하지 않고
자신들의 고유한 문화를 계속해서 이어 나가려 하고 있었다. 그리고 노출
에 부끄럽게 생각하지 않고 당당하게 행진을 하고 있었다. 조용히 선글라
스를 썼던 나 자신이 부끄럽게 느껴졌다. 스와지의 8월은 상당히 추운 날
씨였는데도 불구하고 어른이나 아이나 나이에 상관없이 축제를 즐기고 전
통을 지키는 모습이 멋져 보였다.

1 마룰라 축제에서 전통 복장을 입은 사람들
2 마룰라 축제 전통 복장
3 유쾌한 마을 사람들과 함께
4 인츠왈라 축제에서 지킴이 2명과 함께
5 왕비 간택 축제에 참가한 최연소 어린이

스와지에서의 밤 운전

주요 도로를 제외하고는 가로등이 거의 없기 때문에 스와지의 밤 운전은 상당히 위험하다. 어두운 도로보다 더욱 위험한 것은 바로 언제 튀어나올지 모르는 동물들과 도로 위에 쉬고 있는 동물들이다.

마룰라 축제 중에 우리의 부탁으로 히포는 밤 운전을 감행했다. 그는 함께 축제를 구경 온 한국 선생님들을 데려다주어야 했다. 출발하고 얼마나 지났을까? 조용히 가고 있는 차에 갑자기 무언가 부딪히는 소리가 들렸다. 달리는 차에 임팔라가 뛰어든 것이었다. 임팔라는 차의 불빛에 놀랐는지 나름 피하려고 뛴 곳이 하필이면 차가 가던 방향이었다. 차와 부딪히고 멀쩡한지 곧장 일어나 숲으로 다시 도망갔지만, 차는 전조등이 깨져서 더는 앞을 비출 수가 없었다. 고쳐보려 했지만 결국 포기한 채 출발했는데, 얼마 지나지 않아 도로 위에 서 있는 소들 때문에 갑자기 급 핸들을 틀다 도로 밖으로 벗어나기도 했다. 그때부터 등 뒤로 식은땀이 흐르기 시작했다. 조금만 늦었다면 소와 정면으로 충돌했을 것이고, 주변이 낭떠러지였다면 우리의 안전이 어떻게 될지 모르는 것이었다. 그제야 밤 운전이 얼마나 위험한지 실감했다.

소를 위해 기다리는 차 ◀

얼마쯤 지났을까? 장시간 운전을 하던 히포가 피곤해 보여서 나와 교대를 했다. 운전병 출신으로 나름대로 운전에 자부심은 있었지만, 운전을 안한 지 오래되었고 도로는 한국과 반대 방향이라 수업을 준비할 때보다 더많은 집중을 하게 되었다. 눈을 깜빡일 때도 긴장이 되었다. 조금이라도 한눈팔거나 다른 생각을 하면 위험에 빠질 수 있었기 때문이었다. 더욱이 처음에 임팔라와 부딪혔던 사고로 인해서 전조등이 옆을 비춰서 앞을 보고운전할 수 없었기에 운전하기에는 최악의 조건이었다.

캄캄한 도로를 바라보며 산을 넘고 구불구불한 길을 지나서 달리다 보니 어느새 익숙한 길이 나왔다. 학교 간판을 보자마자 그제야 안도의 숨을내쉴 수 있었다. 100㎞로 달려도 2시간이 넘게 걸리는 거리를 3시간을 넘어서야 도착할 수 있었다. 그때 3시간은 지금 생각해도 아찔하다. 다행히아무 사고 없이 잘 도착했지만, 소들이 도로 위에 있고, 다른 동물들이 튀어나올 수 있는 스와지에서 밤의 도로는 상당히 위험했다.

아름다운 하늘

·····················

　인터넷 비용이 비싸더라도 가끔은 한국의 소식이 궁금해서 페이스북을 열어보곤 했다. 여느 날처럼 게시글을 내려보다 목성과 금성이 만난다는 게시물을 보고 그 날부터 하늘을 관측하기 시작했다.

　그러고 보니 스와질란드의 하늘은 무척이나 맑았다. 도심에서 보던 밤하늘과는 확실히 달랐고 깨끗한 하늘에 한 동안 눈을 떼지 못했다. 특히, 하늘 중간에는 유난히 구름이 낀 것처럼 뿌옇게 보이는 곳이 있었는데 그곳은 별들이 모여 있는 은하수였다. 카메라로 찍어보니 과학책에서만 보던 사진이 나왔다. 맨눈으로는 어두운 하늘에 구름으로 보이는 정도였지만, 보이지 않는 세상에서는 밤하늘은 더욱 아름답게 빛나고 있었다.

　반면, 목성과 금성은 한눈에 알아볼 수 있었다. 금성은 말 그대로 샛별처럼 밝게 빛이 났다. 밤하늘에 떠 있는 별 때문에 눈이 부실 수 있다는 것도 처음 알았다. 하루하루 목성과 금성을 관찰하여, 둘이 만났다가 헤어지는 깜짝 우주 쇼를 볼 수 있었다. 매일 하늘을 보며 날씨가 변하는 것은 한 순간이라는 것을 느꼈다.

남반구와 북반구의 차이를 가장 빨리 알아볼 수 있는 것은 달의 위상변화이다. 한국(북반구)에서는 달이 오른쪽부터 없어지지만, 스와지(남반구)에서는 왼쪽부터 없어진다. 또한, 한국과 반대로 7~8월에 겨울이라 낮의 길이가 짧았다.

한 번은 같이 도시에서 선생님들과 모임을 하고 집에 돌아왔는데 해가이미 져서 캄캄했다. 가로등도 없는 곳에 내리고 콤비는 떠나니 아무것도보이지 않았다. 마치 내가 서 있는 곳이 우주의 한 공간처럼 느껴졌다. 근처에 있던 나무, 의자, 집들이 모두 보이지 않고 보이는 건 오직 밤하늘의별빛과 바닥에서 별처럼 빛나는 반딧불이었다. 그 시간은 참 고요하고 외로웠다. 무서움인지, 지루함 때문인지 별빛으로 집을 찾아간다는 낭만을뒤로하고 핸드폰 불빛을 켰다. 사실, 집을 찾아가기엔 별빛은 너무 약했다.우주에 있는 듯한 느낌을 잊지 않으려고 핸드폰으로 찍으려 했지만, 카메라에 비친 나만의 우주는 핸드폰이 꺼진 것처럼 보이는 검은색 배경이었다. 이 날을 '우주 미아가 됐던 어느 날'로 스와지에서의 추억을 남기기로했다.

 구름을 잡아보자
 밤하늘의 구름, 은하수
 밤하늘을 느끼다
 선명한 노을

스와질란드에서 분필을 들다

스와지의 장난
....

  친해지는 방식은 어디든 다 비슷했다. 장난으로 웃음을 만들고, 웃는 모습을 통해서 마음의 거리는 가까워졌다. 그리고 아프리카의 장난을 이용해 나는 웃음 사냥꾼이 되기도 했다.

  스와지의 장난은 대표적으로 세 가지로 분류를 해봤다.

  첫 번째, 나의 출신으로 장난을 치는 경우다. 나를 처음 보는 사람들은 "칭챙총!" 하며 이소룡의 쌍절곤 소리를 내거나, 기합을 넣으며 발차기나 주먹질을 한다. 보통 이들은 동양인의 무술 문화에 매료된 사람들이다. 동양인은 모두 무술을 잘할 거라는 생각에 이런 장난을 친다. 처음에는 나를 놀리는 것처럼 보여 화가 나기도 했지만, 시간이 흘러 악의적인 의도가 아님을 알고 난 다음에는 그들의 장난에 반응해주고 있었다.

  길거리에서 무술 대결을 하자고 할 때!

  함께 무술 하는 모습을 보여주면서 주먹 지르기나 발차기를 보여주면 그 자리에서 웃음 사냥꾼이 될 수 있다. "아뵤!" 같은 기합을 넣어주면 더욱 효과적이다.

  또, "Where are you from?"이라며 나의 출신을 물어볼 때!

South Korean이라고 하면, 중국인 또는 일본인이 아니냐며 놀리기도 한다. 그럴 땐 아주 간단하다. 우리도 다른 국적을 이야기해주면 된다. 예를 들어 나는 "너는 나이지리안 같아!"라고 말했는데 웃음 사냥꾼이 되어 버렸다. 그 물음에 웃는 이유를 물어보니, 그들은 조금 더 까맣지만 자기들은 아니라고 한다.

두 번째는 나의 혼인 여부로 장난을 치는 경우이다. "결혼했어?" 결혼하지 않았다고 하면, "나와 결혼할래?"라든지, 여동생이나 누나 같은 자신이 알고 있는 모든 여자를 나에게 소개해준다면서 결혼하라고 한다. 그리고 결혼했다고 하면 너만 괜찮으면 두 번째 남편 또는 아내가 되도 된다고 한다. 아마 혼인에 대해서는 자유로운 국가라서 그런 것 같았다. 참고로 스와지에서는 결혼할 때 남자가 여자 집에 키워줘서 고맙다며 소를 보통 12~15마리 정도 예물로 주는 관습이 있다. 한 마리에 한국 돈 약 50만 원이니, 결혼할 때 최소 600만 원이 드는 셈이다.

뜬금없는 프러포즈를 받을 때!
당황하지 말고 남자일 경우, '나 소 없고 집에 닭 한 마리 있는데 그거라도 괜찮아?'라고 이야기를 하면 안 된다며 한발 물러선다. 여자일 경우엔 나랑 결혼하려면 소 100마리가 필요한데 괜찮냐고 물어보면 이들은 또 폭소한다. 이렇게 또 아프리카에서 웃음 사냥꾼이 될 수 있다.

마지막은 자꾸 내 물건에 욕심내는 경우이다. 스와지에서 제일 많이 들었던 문장이기도 하다. 농담 반 진담 반인 "Can I have one?" 무언가를 계속 달라고 한다. 이 말을 진지하게 받아들이면 '나를 물주로 생각하나 왜 자꾸 나한테 뭘 달라고 하지?'하며 괜히 마음이 상할 수도 있다.

자꾸만 달라고 할 때!
일단 무조건 'NO'이다. 한번 보고 말 사람은 그냥 무시하고 넘어가면 되는데, 계속 볼 사람은 내가 왜 줘야 하냐며 이유를 물어보면 자신도 무리한 이야기를 했다는 것을 이내 깨닫는지 장난이라고 이야기한다. 간혹, 동양인은 돈이 많다고 이야기를 하는데 돈이 없는 척하며 거지 연기를 간단하게 보여주는 것도 웃음 사냥꾼이 되는 방법이다.

나도 이들의 장난을 역이용해서 먼저 흑인들에게 다가갈 수 있고, 쉽게 어울릴 수도 있었다. 장난도 그들의 문화이니, 너무 심각하게 받아들일 필요 없지만, 너무 심하거나 기분이 나쁠 땐 그들에게 이야기해도 된다. 그들은 또 인정이 빨라서 바로 사과를 하는 매너도 있다.
지금 돌이켜서 생각해 보니, 그들은 나와 친해지고 싶어서 많은 장난을 쳤었고, 거기서 나오는 웃음을 통해서 서로 가까워지고 있었음을 느꼈다. 웃음은 인종을 초월해 어디서나 서로 가까워지는 가장 쉬운 방법임을 확인했던 순간이었다.

1 평화의 사인을 그리는 학생
2 먹을 것을 받아간 시포셰무사Siposhemusa
3 나에게 무술을 보이며 호위무사를 자청했던 동네 청년들
4 옥수수를 구워먹으며 장난치는 아이들

작은 사진전
··················

어느 날, 내 방에서는 작은 사진전이 열렸다.

사진 찍는 것이 취미라 평소 학교에 카메라를 가지고 가곤 했다. 수업이 있으면 있는 대로, 없으면 없는 대로 사진을 찍었다. 학생들은 자신의 얼굴이 나온 사진을 갖고 싶어 했다. 잘 나온 사진들을 골라서 그들에게 추억을 선물하려고 포켓 포토로 인화했다. 무심코 인화한 사진을 펼쳐 본 방에서는 스와질란드의 작은 사진전이 열려 있었다.

학생들이 평소 노는 모습을 보면 부끄럼을 모르는 아이들 같지만, 카메라만 들이밀면 이상하게도 소극적으로 변해버렸다. '방금까지 적극적이고 활달했던 아이들은 어디로 가버렸을까?' 어떤 학생은 수줍어서 고개를 숙이거나 심지어 그 자리를 피해 도망가기도 한다. 반면에 사진을 찍고 싶은 학생들은 사진을 찍을 때 눈을 크게 뜨고 입을 오므리는 공통점이 있었다. 엽사(엽기적인 사진)를 원하는지 오해할 만큼 큰 동작을 취하는 모습에 웃음이 나왔다.

그들에게 자연스러운 연출을 요구하는 것은 어려운 일이었다. 자연스러운 사진을 얻기 위해서는 몰래 그리고 빠르게 사진을 찍어야만 했다. 그렇게 찍은 여러 사진 중에 가장 예쁜 것들을 몇 개 골라 학생들에게 선물했는데, 학생들 반응이 참 재미있었다. 쑥스러워하며 사진을 보지도 않고 바로 주머니에 넣는 학생도 있었고 온 동네방네 자랑을 하는 학생들을 바라보며 스스로 잘했다는 생각이 들었다. 학생에게 나눠주기 전에 집에 있는 빨랫줄에 걸어보았더니, 마치 아프리카 사진전에 온 기분이 들었다. 사진을 보며 언젠가는 '아프리카 사진전을 개최하겠다'라는 새로운 항목을 버킷리스트에 추가했다. 언젠가 있을 아프리카 사진전을 위해서 앞으로 많은 학생과 그들의 다양한 모습들을 찍을 거라고 생각하니 절로 기대가 되어 미소가 지어졌다. 머릿속에서는 이미 아프리카 사진전이 열리고 있었다.

사진을 찍으면서 정말 많이 웃었다. 학생들의 포즈와 표정, 오직 단 하나의 인생 사진을 위해서 노력하는 모습이 재미있고 예뻐 보였다. 이들의 순수함에 절로 행복한 미소가 지어졌다. 그리고 언젠가 열릴 사진전을 통해 많은 사람의 얼굴에도 행복한 미소가 생길 것을 기대하며, 나는 오늘도 카메라를 들고 나간다.

1 작은 아프리카 사진전
2 재미있는 학생들의 포즈
3 한 학생의 포즈를 따라서
4 사진 받은 인증샷!

　　스와지에서 사는 동안 나는 연예인의 마음을 이해하게 되었다.

　　스와지 사람들은 내가 어디를 가도 혼자 내버려두지 않았다. 자꾸만 말을 걸었다. 혼자 음악을 들으며 걷고 싶을 때가 있다는 것을 모르는지 그들은 자꾸만 말을 걸어 왔다. 길을 걸을 때도 "치노! 치노!" 또는 "칭챙총"이라며 나의 시선을 빼앗곤 한다. 처음에는 나보고 중국인이냐는 사람들에게 한국사람이라고 설명해주곤 했지만, 어느 정도 시간이 지나자 그냥 손을 흔들고 웃으면서 지나가게 되었다. 굳이 붙잡아서 한국은 어떻고 어디에 있다는 것을 설명해주는 것에 지쳤다기보다는 그냥 그 순간을 그들과 즐기는 데에 초점을 맞추기로 한 것이다.

　　우리 동네 사람들과 상하누의 사람들은 내가 어디 사는지 그리고 이곳에 있는 이유도 알고 있었다. 주말 같은 때에 큰 배낭을 메고 나가면 언제 돌아올 건지 물어보곤 하였고, 집에 돌아올 때는 콤비에서 굳이 "Stop" 또는 "Station스테이쉬"라고 외치지 않아도 알아서 멈춰서 나를 내려주었다. 이렇게 나를 기억해주고 신경 써주니 너무나 고마웠다.

지나가면 말을 걸거나, 사진을 찍자고 하거나, 나를 기억해주는 사람이 많아짐에 따라서 나의 목이 뻣뻣해지기도 했다. 그동안 나는 연예인 병에 걸려있었다. 시장에서 물건값을 조금 깎아보려고 하면 '나 몰라?' 하는 눈빛을 보내곤 했다. 필요할 때 알아봐 주면 감사하고 못 알아보면 서운한 반면 피곤할 때 알아보면 짜증 나고, 못 알아보면 다행이었던 마음이 연예인들과 비슷하지 않을까 감히 비교해본다. 부담스러울 정도로 많은 사람의 관심을 어느 순간부터 이용하고 있었다.

어떻게 살아야 할지 막막했던 처음 순간과 비교하면, 즐길 줄도 알고 내 감정을 자연스레 표현함을 넘어서 연예인이 느낄지 모르는 감정까지도 느낄 수 있었다.

나를 연예인으로 만들어 준 스와지에게 감사하다.
나는 스와지의 연예인이다!

1 옥수수를 선물한 한 친구
2 스와지의 길을 활보하며
3 피리 부는 사나이가 되었던 순간
4 우리 함께 걷자

이 작은 나라 스와질란드에도 한국인들이 있을까?

스와질란드에는 얼마 안 되는 한인 분들이 있다. 그분들은 모두 다양한 사연과 함께 아프리카 스와질란드라는 작은 나라에서 최소 10년 이상 살아오고 있었다. 아프리카 대륙의 다양한 국가에서 선교하며 스와지에 뿌리를 내리신 분들도 계시고, 비슷하게 아프리카 대륙에서 의료계에서 일하시다가 또, 다양한 곳에서 사업을 하시다가 오신 분들도 계신다. 이분들은 모두 스와지가 좋아서 정착하셨다고 한다.

많은 곳을 누빈 한인들은 모두 다른 아프리카의 나라보다 스와지가 범죄율도 낮아 안전하고 사람들이 상대적으로 친절하다는 이야기를 했다. 그분들의 다양한 경험들이 스와질란드가 살기 좋은 나라이고 내가 정말 좋은 곳에 있다는 것을 확인할 수 있었다.

오랫동안 사셨던 한인 분들도 한국이 그립다고 하신다. 그분들은 내가 힘들어했던 한국에 대한 그리움을 한인들과의 행사들을 통해서 극복하고 있었다. 명절 때 한국인 모임을 열어서 친목을 도모하고 한국인들이 가지고 있는 정을 음식과 함께 우리 선생님들에게도 나누어주었다. 오랜만에 먹는 한국 음식에 얼마 만에 먹는 것이냐며 감동의 눈물을 흘리며 나도 모르게 폭식을 했다.

한인 분들의 많은 관심과 도움으로 스와지의 숨겨진 맛집과 현지인이 아니면 모를 고급 정보들까지도 얻을 수 있었다. 신경 써주신 한인 분들 덕분에 한국인의 정을 느끼며 무엇 때문인지 가슴이 따뜻해졌다.

나눠주신 사랑에 다시 한 번 감사를 표한다.

Chapter

「 스와질란드의 학교 」

내가 배정받은 학교의 이름은 'Florence Christian Academy High School'이다. 이름에 크리스천이 들어가 있어서 그런지 왠지 모를 안도감이 느껴졌고 마음이 편해졌다. 우리 학교 전교생은 약 300명 정도이며 기숙시설까지 갖춰진 학교이다. 게다가 남아공과 모잠비크Mozambique에서도 해외 유학을 오는 유명한 학교라고 한다.

학교는 수도로부터 차로 3시간, 대중교통으로 5시간이 걸린다. 수도보다 오히려 남아공이 더 가까운 위치였다. 커다란 산 위에 있는 학교로 때로는 구름이 지나가기도 하고 벼락을 제일 먼저 맞기도 했으며, 눈높이에서 해와 별을 볼 수 있어 늘 좋은 경치와 함께했다. 도로 옆에 학교만 홀로 덩그러니 있어서 통학하는 학생들은 대중교통을 타고 오거나 1시간 동안 걸어오기도 했다.

기대에 찬 마음으로 학교를 둘러보았다. 건물은 총 3개였고, 교실은 9개, 과학실, 컴퓨터실, 기술실, 미술실 각각 1개씩 있었다. 한국의 학교보다는 상당히 작은 규모였다. 교실 환경은 깨진 유리창과 금이 간 칠판, 앉을 수 있을지 의심되는 의자들과 책상들이 널브러져 있었다. 과연 수업은 할 수

우리 학교 정문 ◀

있을까? 텅 빈 교실에 학생들이 가득 차면 어떤 모습일지 궁금해졌다.

　과학실에는 유효기간이 얼마나 지났는지 모르는 시약들과 상온보관하지 말아야 할 것들과 함께 두면 안 되는 시약들 모두 상관없이 함께 보관되고 있었고, 책상에는 실험하고 뒷정리가 되지 않은 채 그대로 있었다. 또 컴퓨터실에는 본체 하나에 20개의 컴퓨터가 연결되어서 사용되는 모습이 신기하게 보였다. 정말 부족한 것도 많았고 시설은 열악했다. 그러나 이런 곳에도 50년이 넘게 학생들은 오고 있었고 수업도 진행되고 있었다. 중요한 것은 아직도 학생들이 오고 있다는 것이었다. 그 학생들이 있기에 내가 온 것이니깐.

　빨리 보고 싶었다. 학생들이 가득 찬 교실의 모습을.

1 감옥 같은 식당
2 상당히 낡은 교실 문
3 난장판인 교실
4 컴퓨터실
5 과학실의 모습

기다리던 첫 출근

．．．．．．．．．．．．．．．．．．．．．．

조용했던 학교가 소란스러워졌다. 방학 동안 너무 조용해서 이곳이 학교인 것을 잊고 지냈다. 스와지 교육부는 2015년에 모든 학교의 개학을 연기하였다. 내가 학교로 온 지 2주가 지나고 나서 개학을 했다. 그날 아침에는 교복을 입은 학생들이 등교하고 있었고, 첫날이라 부모님이 차로 짐을 싣고 데려다주었다.

등교는 7시까지다. 처음이라 무엇을 해야 할지도 모르고 어디에 있어야 할지도 모르고 학교 주변을 서성이고 있었다. 그런 나를 학생들은 호기심 가득한 눈으로 나를 바라보고 있었다. 학생들의 크고 말똥말똥한 눈이 참으로 순수하게 느껴졌고 큰 눈을 바라보고 있으면 어떤 생각을 하는지도 알 것만 같았다. 잠시 등교한 학생들은 무엇을 하는지 지켜보았다. 등교하자마자, 학생들은 교실에 가방을 두고, 건물 밖 공터에서 남녀 학생 따로 복장 정리를 했다. 교복에 넥타이, 벨트와 반짝이는 구두는 필수였다. 학생들이 서로를 검사해주는 모습이 한국의 교문에서 학생부장 선생님과 선도부가 복장 검사를 하는 모습과는 사뭇 달랐다.

누군가 찬양을 부르기 시작했고 그 찬양에 맞춰 학생들은 조회대로 모였다. 한 학생이 먼저 첫 소절을 부르면 다음엔 모두 함께 찬양을 불렀다. 능숙해 보이는 것이 한 두 번 해본 것 같지 않았다. 음악에 대해서 잘 모르지만 그들의 찬양에서 강함과 부드러움이 동시에 느껴졌다. 또 누군가는 화음을 넣으면서 정말 아름다운 한편의 합창을 듣는 것 같았다. 조회 전에 부르는 찬양은 '이제 곧 조회가 시작되니 모두 모이라'는 의미였다.

선생님의 "Let us pray 기도하자"라는 말과 모두 함께 한목소리로 주기도문을 외운 후에 드디어 입학식 및 개학식이 시작됐다. 딱히 정해진 형식은 없는 것처럼 보였다. 교장 선생님이 1년 동안 지도해줄 선생님들을 각각 소개하고 열심히 하자는 말로 입학식을 마무리했다. 내 소개를 할 시간이 있을 것 같아서 나름의 인사말을 준비해서 갔지만 교장 선생님은 "그는 한국에서 온 과학 선생님이다. 다른 선생님들과 마찬가지로 존중해야 한다"며 소개해주는 것으로 대신했다. 학생들은 박수를 치며 환호를 해주었다. 나름대로 준비한 인사말이 아쉬웠지만 앞으로 만날 기회는 많을 거라 생각하며 박수 치고 환호하는 학생들에게 손을 흔들었다.

조회를 마치고 바로 멘토 선생님 마부자는 앞으로 내가 지내야 할 교무실과 학교의 시스템에 관해서 설명해주었다. 수학과 과학 선생님이 같은 부서라며 모두 과학실 옆에 있는 교무실을 사용한다고 했다. 올해 우리 학교의 수학과 과학 선생님은 총 5명이었다. 그러나 교무실에는 3개의 책상이 있었고 작은 공간에 모두 함께 근무하기에는 좁을 것 같았다. 선생님들의 개인 책상이 준비되어 있지 않은 것이 아쉬웠다. 나는 다른 것에 비해서 조금 커 보이는 책상을 짐바브웨에서 온 한 선생님과 함께 사용하게 되었다.

학생들이 없을 때, 폐교인 줄 알았던 학교는 학생들이 가득 차면서 이제야 학교의 모습을 찾았다. 시끄럽고 먼지가 날리고 교무실의 선생님들은 분주한 모습에 다시 긴장되기 시작했다.

'잘 해보자! Florence!'

 입학식의 모습
 교무실에서의 나의 모습
 내가 사용하는 책상에 앉아 있는 맘바Mr. Mamba

스와질란드에서 분필을 들다

웃음 가득한 교무회의
....

방학식겸 조회가 끝나고 바로 선생님들은 회의를 했다. 스와질란드는 개학한 다음에야 시간표와 방과 후 활동 그리고 학생들의 반 등 학교에 관한 모든 것이 결정된다. 또 그 결정은 2주 정도 조정하는 시간을 가지며 바뀌기도 한다. 심지어 학기 중간에 새로운 선생님이 오기도 하고, 그에 맞춰서 학생들은 반 이동을 한다. 이곳의 방학은 학생들뿐 아니라, 선생님들도 위함에 한국과 많이 달랐다.

방과 후 활동 담당을 정하는 데에 많은 시간이 걸렸다. 대부분 맡고 싶지 않아 하는 눈치였지만, 누군가는 해야만 했다. 결국 늘 하던 대로 나의 멘토 선생님인 마부자는 축구 교실을 맡게 되었고 나머지도 서로 미루던 끝에 정해지게 되었다. 회의를 지켜보면서 흥미로웠던 한 가지는 선생님들 간의 관계가 수직적이 아니라 수평적이라는 점이었다. 교장 선생님의 회의 진행 하에 모두 손을 들고 발언권을 얻고 이야기를 하고 있었고, 경력이 얼마나 됐든, 부장이든 교감이든 직책에 관계없이 모두가 자기 할 말을 다 하고 있었다. 회의에서는 모두 지시가 아닌 협의에 따라서 각자의 역할들이 정해졌다.

선생님의 업무들은 "제가 이거 할 테니 이거는 빼주세요", "이것은 함께

▶ 회의시간

나누었으면 합니다"등의 말과 함께 협상으로 이루어졌다. 모든 선생님을 존
중해준 것이다. 모든 결정에는 적어도 그 업무를 하게 되는 선생님의 동의
를 구했다. 그러니 회의가 끝나고도 불만은 없었고 선생님들은 앞으로 할
일에 대해 걱정하고 근심하는 모습은 볼 수 없었다. 스와지의 첫 회의를 끝
내고 돌아가는 길에 바라본 선생님들의 얼굴엔 편안한 웃음이 가득했다.

그리곤 바로 수학·과학 부서 회의가 시작되었다. 역시나 협상이었다.
부장님은 스와지의 시험 체계를 잘 모르는 외국인이 중요한 시험을 앞둔
Form 3과 Form 5를 가르치는 것은 부담될 수 있다며 Form 1과 2, 그리
고 Form 4를 해보는 것이 어떻겠냐고 제안했고, 나는 어쩜 나와 생각이
똑같냐며 바로 알겠다고 했다. 사실 나 역시도 바로 시험을 앞둔 고3을 맡
기가 부담스러웠다. 그렇게 나는 Form 1(15살) 3개 반의 과학, Form 4(18
살) 1반의 화학 수업을 맡게 되었다. 수업 시수는 일주일에 24시간으로 조

금 부담이 되었지만, 금방 새로운 선생님이 오면서 18시간으로 줄게 되었다. 이곳 선생님들은 보통 주당 20시간 내외로 수업을 한다. 게다가 나에게 수학도 가르쳐 달라는 부탁을 했지만, 일단은 과학에만 집중하고 싶다며 거절했다. 다른 과목을 함께 가르치는 것은 수업의 질이 떨어질 것이라는 생각이 들었기 때문이다. 스와지의 중고등학교에서 수학과 과학 부서의 선생님이 두 과목 이상 가르치는 것은 보편적이었다.

무엇을 가르칠지 또 누구를 가르칠지는 이제 정해졌고,
교실에는 과연 어떤 학생들이 있을지 생각하니 흥분되기 시작했다.

떨리는 마음으로 교실에 들어갔다.
교실에는 어색한 침묵이 흘렀다.

왁자지껄 시끄러웠던 학생들은 어디로 갔는지 조용히 호기심 가득한 눈으로 나를 쳐다보고 있었다. '과연 이 외국인은 어떤 말을 할까? 말은 할 수 있을까?'라고 말하고 있는 듯했다.

교사가 되면 '첫 시간에 수업하기'라고 정한 나와의 약속은 아프리카라고 예외는 아니었다. 수업을 시작하기 전에 오리엔테이션이라며 간단한 소개를 하고 학생들과 대화하는 시간을 가졌다. 학생들은 한국이 어디에 있는지, 내가 이곳에 온 이유도 알지 못했다. 심지어 중국인과 한국인을 같은 나라 사람이라고 생각하는 학생도 있었다. 궁금한 것을 물어보라는 말에 학생들은 나에게 "쿵후 할 수 있어요?", "재키 챈Jackie Chan(성룡)이랑 친해요?"라는 이상한 질문을 했다. 그런 질문이 순수하게 느껴졌지만 한편으로는 한국에 대해 모른다는 것이 안타깝게 느껴졌고, 돌아가기 전에 이들에게 꼭 한국을 알려야겠다고 다짐했다. 내가 온 이유와 한국에 관해서 설명한 후에, 나중에 잊어버리고 나에게 중국인이라고 하거나 재키 챈이랑 친

하냐는 질문을 또 한다면 그때는 나의 레전드 킥인 '전설의 발차기'를 선사할 거라고 말하니 학생들은 까르르 웃었다. "또 질문 있니?"라는 물음에 학생들은 창피한지, 아니면 진짜 없는지 교실은 조용해 졌다.

드디어 아프리카에서의 첫 수업이 시작되었다. 역시 앞에 앉은 학생들은 필기를 잘했다. 연필로 공책을 꾹꾹 눌러가면서 내가 칠판에 적은 것을 모두 적고 있었다. 반면 뒤에는 다른 생각을 하고, 창밖을 바라보기도 하고 내 수업을 평가하듯이 팔짱을 끼고 필기를 보는 학생들도 눈에 띄었다. 칠판을 가득 채우고 나서야 수업은 마무리되었다. 공부하려는 학생은 앞에 앉고, 어쩔 수 없이 학교 오는 학생들은 뒤에 앉아 있는 모습이 어디를 가나 비슷하게 느껴졌다. 조심스럽게 그 학생들에게 다가가 물어보았다.

"수업이 어렵니? 발음이 이해할 만하니?"
"네 괜찮아요."
"그런데 왜 필기를 하지 않니?"
"저는 화학을 선택하지 않아서 공부 안 해도 돼요."
"그럼 왜 이 반에 있니?"
"이제 곧 바뀔 거에요."
라며 쿨하게 이야기했다. 정말 다음 시간에는 첫 번째 시간과는 달리 많은 학생들이 바뀌어 있었다. 도저히 다음 수업을 진행할 수 없었다. 이런 상황들 때문에 스와지에서는 개학하고 2주간의 조정 기간이 있었다. 개학 후에 수업을 하지 않는 것이 한국과 큰 차이였다. 이 기간에 다른 선생님들은 아예 수업에 들어가지도 않는다. '이렇게 해도 되나?' 싶을 정도로 너무 하게 느껴졌지만, 지금까지 그들의 방법대로 잘 흘러 왔을 거라 믿고 따라가는 수밖에 없었다. 솔직히 수업을 준비하는 시간이 더 주어져서 좋았는데 한국에서 개학과 동시에 수업하는 것에 적응되어있던 나는 왠지 모를 불편함이 느껴졌다.

학교에서는 선생님들에게 2개의 공책과 포장지를 제공했다. 'Prep Book'이라는 한 차시의 수업계획서를 작성하는 공책이고, 다른 하나는 'Scheme Book'이라고 해서 수업 목표를 언제 나갔는지 또 언제 나갈 건지에 대한 계획과 학생들의 성적을 기록하는 공책이다. 스와지에서는 특이하게 공책을 커버를 씌워서 사용했다. 학생들도 공책에 커버를 씌우고 꾸미는데 많은 시간을 보낸다. 좋아하는 축구선수를 붙이기도 하고, 좋아하는 문구로 각자의 취향으로 개성 있게 노트를 꾸미고 있었다. 그리고 선생님 노트는 학생들이 만들어 주고 있었다. 학생들에게 시키는 것이 미안한 마음에 그냥 쓰려는 것을 마부자가 가져가더니 "너 이것 좀 해!" 라며 학생에게 시켰다. 뚱한 표정으로 내 공책에 커버를 씌우는 학생에게 고마워서 음료수를 선물했더니 살면서 처음 보는 반응을 보여주었다. 처음 보는 모습이라 놀랐지만, 그날 하루 온 종일 웃을 만큼 재미있었다. 아직도 그 때를 떠올리면 웃음이 난다. 그런데 완성된 노트를 보고는 음료수가 조금 과한 선물이었다는 생각이 들었다.

내가 가르쳤던 스와질란드 학생들 대부분은 교과서가 없었다. 특히 저학년일수록 교과서 있는 학생들이 드물었다. 비싼 교과서값과 학생들이 잘 잃어버리는 것이 그 이유였다. 교과서 없이 수업을 하는 것은 나도 학생도 힘들었다. 이런 학생들을 위해 교과서를 만들어 주고 싶어졌다. "우리가 노트에 적는 것이 이제부터 교과서가 될 것이다"라며 칠판의 판서를 노트에 옮겨 적으라고 하고 새로운 수업 때마다 효과적인 판서를 위해 노력을 해야 했다. 한 단원이 끝날 때마다 노트 검사를 할 때 다양한 학생들이 눈에 띈다. 첫 페이지부터 필기하는 학생들이 있는 반면에 뒤에서부터 거꾸로 쓰는 학생들도 있는 것을 보며 스와지의 문화를 간접적으로 느낄 수 있었다. 필기를 잘한 학생들에게는 'Great' 더 노력이 필요한 학생들에게는 'Put more effort' 라고 적어주며 공책을 돌려주면, "예에!" 하면서 좋아하는 학생이 있는 반면에 조용히 집어넣는 학생들 모두 예뻐 보였다.

첫 시간의 어색함이 좋았다는 것을 왜 몰랐을까? 시간이 흘러 학생들이 나에게 적응을 하면서 교실의 모습은 변화했다. 수업 종이 울리고 교실에 들어가서 시작하려고 할 때, 펜을 빌리러 오는 학생, 공책을 빌리는 학생, 화장실을 가겠다는 학생, 물을 먹겠다는 학생들이 마구 뛰어나온다.

"Sit Down!"
큰소리로 외쳐야만 수업을 시작할 수 있었다.

 영광의 첫 수업
 Sit down 한 아이들
 알록달록 학생들의 노트

스와질란드에서 분필을 들다

스와지의 선생님은 마치 왕 같았다.

학생 체벌은 법으로 금지되어있지만 늘 해오던 관습처럼, 학교에서는 체벌이 이루어지고 있었다. 잘못하면 매 맞던 나의 학창시절이 떠올랐고 과거 우리나라의 모습과 비슷해 보였다.

지각하거나 복장을 준수하지 않는 학생을 교장 선생님이 직접 체벌하고 있었다. 맞기 싫어서 도망 다니는 학생들도 있고, 엉덩이에 책이나 휴지를 대고 맞다가 걸려서 더 맞는 학생들도 있었다. 그냥 회초리로 휘둘러서 때리는 '착!' 같은 느낌보다는 학생들의 엉덩이에 야구방망이를 휘두르는 '퍽!' 하는 느낌이다. 때리는 선생님도 맞는 학생들도 모두 대단해 보였다.

간혹 교무실에 들어오려는 학생들을 보면 선생님을 어떻게 생각하는지 느낄 수 있었다. 들릴까 말까 하는 노크 소리와 함께 "Sir"이라며 속삭이듯 말하고 있었다. 들어오라는 허락을 받아야만 학생은 교무실로 들어올 수 있다. 학생들은 선생님이 시키는 일은 다 하고 있었고, 심지어 선생님이 사용한 그릇을 닦아오는 일을 할 때도 있었다. 뭔가 부당하다고 느껴졌지만 그들의 학교 문화에 내가 개입할 수 없다는 생각이 들었다. 이것이 현재 스

▶ 야외 수업 중인 히포

와지의 학교 문화였다.

개인적인 생각으로는 어느 정도의 체벌은 필요하다고 생각한다. 그러나 체벌은 학생의 잘못으로 인해서 어쩔 수 없을 경우에 이뤄져야 하지, 선생의 권력으로 남용하게 된다면 언젠가 정말 체벌이 필요할 때, 체벌하지 못하게 될 수 있다는 것을 '과연 이들은 알고 있을까?'하는 의문이 들었다.

역설적으로 학교에서는 자주 때리는 선생님이 인기가 많았다. 친구들이 맞는 것을 보고 웃고 있었고 맞는 학생은 친구들을 즐겁게 해서 또 자기도 좋아하는 것 같았다. 그로 인해 교실에서는 웃음이 넘쳐 났다. 눈물이 아닌 웃음이 넘치는 교실을 보며 의아했다.

아마 선생님이 휘둘렀던 매에는 사랑이 듬뿍 담겨 있었을 것이다.

스와질란드의 학기

....

스와질란드의 교육 편제는 초등학교 7년, 중고등학교 5년으로 총 12년으로 되어있다. 1년 단위로 운영이 된다.

스와질란드는 1년에 3학기가 있다.

Ⅰ Term 1 : 1월 말~4월 중순

Ⅱ Term 2 : 5월 초~7월 말

Ⅲ Term 3 : 9월 초~12월 초

Term 사이에는 2주, 4주, 8주씩 긴 방학이 있다.

각 Term에는 학생들에게 중요한 것이 있다. Term 1에는 스포츠 활동과 여러 가지 행사들이 있다. Term 2에는 Final 시험을 대비한 모의고사를 준비한다. 마지막 Term 3에는 진급할 수 있는 가장 중요한 Final 시험이 치러진다. 참고로 Final 시험은 우리나라의 수학능력시험과 비슷하다.

스와질란드의 교육과정

아프리카 스와질란드도 한국만큼이나 체계적이다. 아무거나 가르치는 것이 아니라 Syllabus실라버스라고 부르는, 선생님이 꼭 가르쳐야 하는 교수 학습목표 그리고 학생들이 꼭 배워야만 하는 학습 목표들이 있다.

실라버스에 있는 모든 학습 목표는 Form 3과 Form 5 때 보는 Final 시험에서 잘 학습했는지 확인하게 된다.

Form 1~3은 J.C.Junior Certification라고 불리는 총 3년 동안 배워야 할 교육과정을 따른다. 과학과목의 경우에는 19장까지 있는데 잘 배분해서 3년 동안 가르쳐야 한다.

Form 4~5는 SGCSESwaziland General Certificate of Secondary Education라고 불리는 교육과정을 따른다. 화학과의 경우에는 총 2년 치가 한꺼번에 담겨 있어서 절반씩 잘 분배해서 가르쳐야 한다.

우리 학교 시간표

스와질란드 학교 시간표에는 엄청난 비밀이 숨겨져 있다. 수업시간은 학교마다 차이가 있지만, 각 수업시간 사이에 있어야 할 쉬는 시간이 없다는 것이 모든 학교의 공통점이자 가장 큰 특징이다. 수업 중에 울리는 학교 종소리는 수업시간이 끝나는 알림과 동시에 다른 수업의 시작을 의미했다.

시간표의 또 다른 특징은 수요일마다 다른 시간표를 갖는다는 것이다. 매주 수요일 아침에 예배하는 시간을 갖고 40분에서 35분으로 단축 수업을 통해 점심시간 후에 운동과 춤, 연극, 합창 등을 하는 특별활동 시간이 있다. 중고등학교임에도 불구하고 짧았던 시간들과 각 수업 사이에 없는 쉬는 시간 그리고 일주일에 단 한 번 있는 특별활동 시간은 한국의 시간표와 큰 차이가 있었다.

	Mon.	Tue.	Wed.	Thu.	Fri.
Period 1	07:30 ~ 08:10		Chapel 07:10 ~ 08:25	07:30 ~ 08:10	
Period 2	08:10 ~ 08:50		Period 1 08:25 ~ 09:00	08:10 ~ 08:50	
Period 3	08:50 ~ 09:30		Period 2 09:00 ~ 09:35	08:50 ~ 09:30	
Period 4	09:30 ~ 10:10		Period 3 09:35 ~ 10:10	09:30 ~ 10:10	
Break Time	10:10 ~ 10:25		Break Time 10:10 ~ 10:25	10:10 ~ 10:25	
Period 5	10:25 ~ 11:05		Period 4 10:25 ~ 11:00	10:25 ~ 11:05	
Period 6	11:05 ~ 11:45		Period 5 11:00 ~ 11:35	11:05 ~ 11:45	
Period 7	11:45 ~ 12:25		Period 6 11:35 ~ 12:10	11:45 ~ 12:25	
Period 8	12:25 ~ 13:05		Period 7 12:10 ~ 12:45	12:25 ~ 13:05	
Lunch Time	13:05 ~ 13:45		Period 8 12:45 ~ 13:20	13:05 ~ 13:45	
Period 9	13:45 ~ 14:25		Lunch Time 13:20 ~ 14:00	13:45 ~ 14:25	
Period 10	14:25 ~ 15:05		Sport Time 14:00 ~ 15:00	14:25 ~ 15:05	

Florence Time Table ◂

단 한 번의 쉬는 시간, Break Time

··

    학생들은 학교에 7시에 도착해 책상 앞에 앉은 다음 3시간이 지난 후에야 화장실에 다녀올 수 있었다. 그 시간이 등교 후 처음으로 주어지는 15분의 달콤한 쉬는 시간이다. 사실 수업뿐만이 아니라 많은 워크숍 그리고 행사에서도 그랬다. 스와지의 보편적인 생활문화인 듯했다. 쉬는 시간이 없어서 그런지 수업 종이 울리고 선생님이 늦게 오는 틈을 타 학생들이 살금살금 눈치를 보다가 화장실로 뛰어가거나 물을 마시기 위해 물탱크로 달려가는 모습을 자주 보곤 했다.

    수업 종이 울리면 나는 바로 교실에 들어가는 편이었는데, 현지 선생님들은 5분정도 뒤에 들어갔다. 시간표상에 존재하지 않는 쉬는 시간을 이곳 선생님들은 그렇게 만들어 가고 있었다. 왜 이렇게 운영을 하는지 이해를 하지 못해서 학생들에게 물어보니, 쉬는 시간을 주면 그 시간에 돌아다녀서 제때 수업에 오지 않기 때문이라고 하는데 여전히 이해가 가질 않는다. 학생들은 다음 시간에 무서운 선생님이 들어오면 조용히 책을 피고 수업을 준비했지만, 편한 선생님이라면 화장실을 가겠다며 물을 먹겠다며 교실 밖으로 나가려고 한다.

    내가 들어가는 반들 중에는 저학년 학생들이 특히 많이 그랬다. 처음엔 안쓰럽다는 생각에 보내주곤 했는데 늦게 들어오는 학생들이 많아져 수업에 지장이 생기기 시작해서 언제부터인가 허락하지 않았다. 그렇게 나도 무서운 선생님으로 변해갔다.

대부분 학생은 쉬는 시간에 주머니에서 동전을 하나씩 꺼내 들고 학교 매점으로 향한다. 가장 인기 있는 음식이자 스와지 대표 국민 간식은 Eis block과 Fat cake이다. Eis block은 봉지에 탄산음료를 넣고 얼린 간식이고, Fat cake는 밀가루를 기름에 튀긴 음식이었다. 모두 1릴랑게니_{약 100원}로 저렴하게 살 수 있었다. 코카콜라는 5릴랑게니_{약 500원}에 판매되고 있었다. 이곳에도 코카콜라가 있다는 것이 신기했고 콜라의 위대함을 느낄 수 있었다.

Fat cake의 맛은 한국의 찹쌀 도넛과 비슷해서 나도 자주 사 먹었다. 이곳 사람들이 많이 먹으면 살찐다고 해서 'Fat cake'라 이름을 붙였다고 한다. 매점 주인이 직접 만드는 것이다 보니 하루에 만들어지는 양이 한정되어 있었고 학생들과 나는 한정판 Fat cake를 먹기 위해 4교시 마치는 종이 채 울리기도 전에 매점으로 달려가곤 했다.

학생들이 몰리면 매점은 그야말로 아수라장이 된다. 선생님들은 우대를 받고 가게 안으로 들어가서 살 수 있지만, 학생들은 밖에서 돈을 먼저 줘야 원하는 음식을 받을 수 있었다. 하필 가게 문이 쇠창살로 되어있어서 안에서 본 학생들의 모습은 감옥의 죄수가 꺼내달라고 외치고 있는 같았고 먹을 것을 달라고 손을 뻗는 모습이 한 편의 좀비 영화를 보는 듯 했다. 쉬는 시간, 그렇게 우린 치열하게 Fat cake를 위해서 경쟁했다.

하루에 단 한 번밖에 없는 귀중한 쉬는 시간.
학생들은 화장실보다도 간식을 얻기 위해서 힘쓰고 있었다.

1 매점 밖에서 기다리고 있는 학생들
2 Eis block
3 손을 내미는 매점 내부 모습
4 코카콜라와 Fat cake

"헤이 미스터 안! 오늘 7시에 기도회 올 거지?"
뭐라고? 기도회 시간이 있다고?

우리 학교는 기독 학교다. 개학하고 일주일 동안 7시부터 9시까지 학교를 위해서 또 자신을 위해서 기도할 수 있는 시간이 있다. 한국에서 교회를 다니던 나는 이곳에서 드려지는 예배가 신기했지만 한국과 비슷해서 낯설지는 않았다. 외부에서 음향 업체가 출장을 왔고 학교에서 찬양 팀이 찬양을 부르면서 본격적으로 기도회는 시작되었다. 돈이 없어서 새 건물을 짓는 것을 중단했다고 이야기를 하면서도 학교 기도회를 위해서 돈을 아끼지 않는 모습에 기도회에 대한 그들의 마음을 짐작할 수 있었다. 또 무엇을 중요하게 생각하는지 알 것만 같았다.

기도회 시간에는 학교에 있는 선생님들 그리고 그들의 가족뿐 아니라 학교에 근처에 사는 주민들 모두 함께 기도하는 시간을 가졌다. 언제나 찬양을 들을 때면 아름다운 화음과 매력적인 목소리에 귀가 즐거워졌고 어느 한 콘서트장에 있는 것 같았다. 특히 신나는 찬양을 할 때면, 모두 일어나서 박수 치고 춤을 추며 흥겹게 예배를 드렸다. 찬양 후 설교는 외부 목사님을 초빙해서 성경 말씀을 듣곤 했다.

기억나는 말씀 중 하나는 "우리가 하지 못할 일은 없다. 담대하게 하자. 하나님이 우리와 함께하신다는 믿음으로 한다면 하지 못할 것은 없다"는 내용이다. 목사님은 힘차게 설교했다. 학생들은 모두 일어나 '아멘'을 외치며 기도를 하고, 나도 이곳의 생활에서 두려움 없이 담대하게 나가기를 기도하며 "아멘"이라고 외쳤다.

예배가 마무리될 때쯤에 헌금하는 시간이 있었다. 보통 한국에서는 봉사자들이 수전함을 들고 돌아다니는 데에 비해 앞에 헌금함에 학생들이 직접 나와서 헌금을 하는 처음 보는 모습이었다. 헌금함이 따로 없을 때는 의자 위에 올려놓기도 한다. 헌금을 위한 찬양이 시작되고 질서 있게 모두 줄을 서서 헌금을 하고 다시 자리에 앉는 모습이 신기했다.

또 수요일 아침에 채플 시간에도 마찬가지로 주변에 사시는 목사님을 초빙해서 성경 말씀을 듣고, 학생들은 하나님을 만나기 위해서 손을 들고 기도하고, 앞으로 나가서 목사님에게 안수를 받기도 한다. 모두 하나 되어 찬양하고 예배하고 기도하는 사뭇 진지한 모습을 볼 수 있었고, 이 시간에 장난치는 학생은 거의 없었다.

이곳에서 드리는 예배에서 나는 이곳 학생들과 선생님들과 함께할 수 있음에 참 감사했다. 하나님의 사랑이 이 사람들을 통해서 나에게 전달되고 있음을 확실히 느낄 수 있었다. 그렇기에 더욱 담대하고 편하게 이곳에서 생활할 수 있었다고 생각한다. 1년 동안 잘 지내고 건강하게 돌아온 것은 이들과 함께했던 기도 덕분이 아니었을까?

1 앞으로 나가서 기도 받는 학생들
2 손을 들고 기도하는 학생들
3 찬양하는 학생들

스와질란드에서 분필을 들다

일주일에 단 1시간 있는 Sports Time, 특별활동시간.

처음 시간표를 봤을 때는 한국의 고3처럼 스와지에서도 예체능 과목에 시간을 많이 투자하지 않는 것처럼 보였다. 예체능 과목은 비싼 악기와 미술 재료들 탓에 하지 못하고 몸으로 할 수 있는 것과 돈이 적게 드는 운동만 했다. 다시 말해 최소한의 비용이 드는 활동만을 하고 있었다. 심지어, 예체능 과목은 시험을 보지 않기 때문에 시간표에 1주일에 한 번만 편성되어 있다고 했다. 마치 스와지의 시간표에는 시험을 위한 과목을 더 중요하게 여기는 것처럼 보였다.

'Sports Day'라는, 매주 수요일에 단축 수업을 통해 만들어진 특별활동시간에 학생들이 학교에서 유일하게 몸을 움직일 수 있는 시간이었다. 특별활동과목은 시험이 없었기에 경쟁 하지 않고 온전히 특별활동을 즐길 수 있었다. 이 시간에는 한국의 특별활동처럼 다양한 반이 만들어지고 운영이 되고 있었다. 축구, 배구, 넷볼 등 체육 활동뿐만 아니라 춤과 연극 그리고 합창반이 개설된다. 이렇게 매주 수요일은 그동안 수업에 지쳤던 학생들에게는 오아시스 같은 시간이었다. 모든 학생은 어떤 반이라도 들어가서 그 시간을 보내야만 했다.

축구도 배구도, 따로 체육 선생님이 없이 학생들끼리 연습하는 경우가 많았다. 축구반을 맡은 마부자는 학생들 출석 체크만 하고 경기하는 것을 지켜보곤 했다. 이곳 학생들은 모두 운동에 천부적인 재능을 타고난 것처럼 보였다. 다부진 체격은 아니지만, 비율이 운동하기에 좋았고 빠르며, 무엇보다 공을 다루는 기술이 화려했다. 타고난 본능인지 나이와 상관없이 모두 뛰고 싶어 했다. 때때로 선생님들은 학생들과 경기를 하기도 하며 시간을 보냈다. 학생들과 어울리는 선생님들의 모습이 참 좋아 보였다.

아프리카 춤을 배워보고 싶었던 나는 특별활동 시간에 댄스반을 맡게 되었다. 춤을 가르치는 것은 아니었고 출석 체크와 학생들이 도망가지 않는지 지켜보고 격려를 하는 것이 내 역할이었다. 나와 함께 배정받은 선생님은 자신의 어린 시절의 경험으로 학생들에게 춤을 가르쳤지만 대부분 시간은 전국대회 참석해본 한 학생이 친구들과 후배들에게 춤을 가르쳤다. 그 옆에서 지켜보며 나도 따라 해봤는데 외국인이 아프리카 춤을 추는 것이 재미있는지 내가 춤을 웃기게 추는 것인지 학생들과 선생님들은 배꼽 잡고 웃고 있었다.

시험과목에 포함되어 있지 않은 스와지의 특별활동은 오로지 전국대회만을 위하고 있었다. 1학기에는 전국대회를 위한 예선이 있었고 2학기에는 전국대회의 결승전이 있다. Sports Time은 모두 전국대회를 위한 연습을 했고 연극과 합창 그리고 춤 활동은 여러 학교행사를 위한 공연 연습을 하는 시간으로 이용되고 있었다.

체육 전국대회를 위해서 연습할 겸 다른 학교와의 친선경기를 하는 시간을 갖기도 한다. 2015년 우리 학교는 한 학기에 다섯 번 넘게 다른 학교와 친선경기를 했다. 가까운 곳도 있었고 버스 타고 2시간이 걸리는 곳도 있었다. 전에도 몇 번 경기를 해봤는지 그 먼 곳의 선생님들과도 진하게 인사를 하고 오랜만이라며 서로 반겨주고 있었다. 전국대회가 끝나면 학교 간의 친선경기는 하지 않고, 학생들은 중요한 Final 시험을 위해 공부하거나, 자체적으로 학교안에서 체육활동을 한다. 그들은 체육 활동에 많은 시간을 투자하는 것 같으면서도 꼭 그렇지만도 않았다. 전국대회 그리고 각종 학교행사를 위해서 이들은 뛰고 흔들고 있었다. 전국대회를 마친 학생들은 특별활동 시간에 중요한 Final 시험을 위해 공부한다.

시간표를 처음 봤을 땐 우리나라와 마찬가지로 시험 위주라고 생각했지만, 체육을 위해서 하루를 빼기도 하고 대회를 위해서 생각보다 많은 시간을 투자하고 있었다. 예체능, 보통의 학생들에게 필요 없을지도 모르는 이론보다는, 몸을 움직이는 방법을 배우고 직접 움직이는 것이 그 과목의 본질적인 목적에 더 가깝다는 생각을 해본다.

1 비닐봉지 깃발과 함께 부심판
2 급식 차, 가운데에 음식이 있다.
3 축구를 관람하는 선생님과 학생들
4 우리 학교 대표 축구팀과
5 춤 연습하는 학생들

내가 스와지에서 해야 하는 기본적인 일은 바로 과학 수업이다.

'어떻게 학생들이 과학에 흥미를 갖게 할 수 있을까?' 이것이 나의 가장 큰 고민이면서 해결해야 하는 문제였다.

대부분 학생은 과학이라는 과목을 암기 과목이라고 생각하고 그 시간을 싫어했다. 교과서가 없는 학생들은 책을 볼 수 없으니 암기할 수가 없었고 교과서가 있다고 하더라도 집에서 해야 할 일이 많아 책을 볼 시간이 부족하다고 했다. 특히, 학생들은 계산하는 문제를 극도로 싫어했고 간단한 산수 문제들도 계산기 없이는 힘들어했다. 어렸을 때부터 산수를 접해서 암산에 강한 한국 학생들과는 비교되었다.

과학을 자주 접하면 관심이 생길 것이라는 생각으로 자주 숙제를 내주었다. 교과서가 없는 학생들에게 도움이 됐으면 하기 위해 되도록 판서를 깔끔하게 하려고 했고, 또 적은 노트가 학생들의 교과서가 되어서 집에서도 과학 공부를 하는 데 도움이 되기를 바랐다. 그리고 단원마다 최소 한 번의 실험 수업을 하면서 학생들이 과학에 흥미를 느끼길 바랐다. 실험 수업은 유통기한이 많이 지난 시약 탓에 복잡한 실험은 할 수 없었고 혼합물을 분류하는 실험이나 기체 확인실험 등 눈으로 관찰할 수 있는 실험을 자주 했다. 한 번은 풍선으로 자기장을 만드는 실험에서 한 학생이 머리에 풍선을 비비다가 강한 머리카락으로 터트려서 웃음을 자아내기도 했고, 수소기체 확인실험에서 'Pop-sound'를 이해하지 못한 학생들이 성냥불을 넣고 소리를 듣고 깜짝 놀라기도 했다. 단원평가로 공부했던 단원에서 얼마나 이해했는지를 알 수 있었고, 점수가 낮은 학생들에게는 특별 숙제가 더 주어지기도 했다.

수업이 끝나는 시간이 가까워져 올 때쯤에 "다음 시간에 시험 봅니다." 또는 "이번 시간의 숙제는–"이라는 말을 꺼내면 학생들은 나를 원망의 눈으로 쳐다보기도 하고 긴 한숨을 쉬는 학생도 있었다. 심지어 대놓고 야유를 하는 학생도 있었다. 그렇게 투정부리는 학생들이 나는 마냥 사랑스러웠다. 숙제하기 싫어하는 것과 시험 보고 싶지 않은 것은 한국이나 아프리카나 다를 것이 없었다.

"Not for me, for you!"
나를 위한 것이 아니라 너희를 위한 거야!

1 과학 실험1 (증류)
2 과학 실험2 (정전기)
3 과학 실험3 (자기장)
4 꽃 찾으러 다니기 (생물)
5 단원 평가

노래 불러 외워요!

．．．．．．．．．．．．．．．．．．．．．．．．

흑인 소울이라 했던가? 학생들에게는 흥이 있어 춤추고 노래하는 것을 좋아했다. 스와지에 오기 전에 '아게코 오파나 노 제수(오직 예수밖에 없네)'라는 스와지의 국민 노래 한 곡을 배웠다. 나는 수업에 그 노래를 이용해 보기로 했다.

스와지 교육과정에는 이상한 점이 한 가지 있었다. 교육과정 상 스와지에서도 학생들은 주기율표에 있는 원소 20개를 외워야만 했는데 Form 1의 학습 목표 중의 하나가 '20개의 원소를 외워야 한다.'가 있었고, Form 4의 학습 목표에도 똑같은 것이 있었다. 다시 말해 Form 1과 Form 4가 배우는 것이 똑같았다. Form 4의 수업에 들어가서 "1학년 때 배웠던 주기율표가 기억이 나느냐"라고 물어보니 학생들은 아무도 기억나지 않는다고 했다. 동료 선생님에게 물어보니, 1학년 때 배우기는 하지만 자세히는 배우지 않는다고 했다. 또한 Form 1~3의 교육과정인 J.C와 Form 4, 5의 교육과정인 SGCSE가 만들어진 곳이 다르다 보니 중복이 있을 수 있다는 것이 현지 선생님의 설명이었다. 설명을 듣고 더 혼란스러웠다.

어쨌거나 학생들은 언젠가 주기율표의 원소 1번부터 20번까지 외워야 한다는 것이 중요했다. Form 4는 당연히 외워야 했고, Form 1은 빨리 외워서 좋고, 오기 전에 배웠던 노래에 억지로 가사를 맞춰서 만들어 보았다. "Hy HeLi BeBCNO ClNe하헬리 베비씨노 클레"라고 주기율표로 개사한 스와지 국민 가요를 부르며 원소를 외우도록 했다.

효과는 탁월했다. 처음에 학생들은 외국인이 자기 나라의 국민 가요를 알고 있다는 것이 신기해하며 무척 웃긴지 폭소를 터뜨렸다. 또 내가 노래를 부르면 화음을 넣으며 따라 하는 학생들도 있었다. 처음 주기율표 노래를 불렀을 때는 어리둥절했지만 시간이 지나면서 모두 곧잘 따라 불렀다. 노래가 신기하고 재미있었는지 다른 반 학생들도 따라 불렀고 점점 전염되어 학교 안에서 울려 퍼졌다. 시험에서 주기율표의 원소 문제만큼은 틀리지 않는 학생들이 자랑스러웠다.

학생들이 떠들 땐!?

첫 시간에 조용하다고 했던가?

언제부턴가 수업 좋은 학생들과의 전쟁을 의미하기 시작했다. 이리저리 뛰어가는 학생들을 붙잡아 교실로 들어가기 바쁘고, 겨우 다 모인 교실에서 수업을 시작하려고 학생들을 바라보면 오늘 하루만 쉬기를 원하는 아이들 눈빛을 보내곤 했다. 나도 학생일 때가 생각이 나 마음이 약해지곤 했지만, 할 건 해야 한다며 겨우 마음을 다잡고 수업을 시작했다.

칠판 한구석에 오늘의 수업 목표를 적고, 배울 것을 적어나가는 순간 뒤에서 킥킥거리는 소리가 들린다. 뒤돌아보면 아무것도 안 한 척하는 학생들이 눈에 띈다. 자세히 보니, 그 학생들은 입에 오물거리면서 무엇을 먹고 있었다. 덕분에 수업시간에 먹는 것이 금지되어 있다는 것을 직감적으로 알 수 있었다. 가져오라는 말에 불쌍한 눈으로 날 바라보며 결국 가져오는 과자 한 봉지, 수업 끝나고 먹으라고 할 수도 있었지만, 수업을 방해되는 것은 분명하니 일단 압수했다. 끝난 후에 돌려줄 생각으로 수업을 계속했다. 다시 또 들려오는 소리, 서로 너 때문에 걸렸다며 티격태격하고 있었다. 결국 그 과자는 교무실의 마부자에게 전달되었다. 수업 중에 학생들이 먹길래 가져왔다고 하니 마부자는 잘했다며 그 학생들을 교무실로 호출했다.

그 날뿐만 아니라 그 학생들은 계속해서 지적을 받았고 그때마다 웃으면서 넘어가면 또다시 걸리곤 했다. 어느 날, 수업 진행이 안 될 만큼 학생들은 떠들고 있었고 더는 웃으며 넘어갈 수 없었다. 수업 분위기를 잡아야 하는 순간이었다. '이 학생을 어떻게 할까?' 하며 일단 일으켜 세웠고 서서 수업을 들으라고 했다. 그런데 안타깝게도 이 학생은 또 소음을 만들었고, 나는 결국 학생을 밖으로 나가라고 했다. 이 상황이 재미있는지 다른 친구들은 웃고 있었고, 그 학생은 입이 튀어나온 채 창문으로 칠판을 바라보았다. "얘들아 이럴 땐 어떻게 해야하니?" 무언가 체벌이 만족스럽지 못해서 애들한테 물어봤다.

"스틱을 찾아오라고 해요, 교장 선생님에게 데려가요."

여러 학생이 그 학생을 골탕 먹이려는 듯이 이야기했다.

맞는 것을 가장 싫어하고 무서워하는 학생들. 매를 맞는 시대에 사는 이곳 학생들에게 'Find a stick'이라는 말은 자신의 잘못을 알고 양심적으로 자기를 때릴 막대기를 스스로 구해 오라는 의미였다. 또한, 'Take him to head teacher', 교장 선생님에게 가는 것은 매를 맞는 것은 물론 바로 부모님을 소환하는 길이다. 그럼 부모님에게 또 맞게 된다. 이 두 가지가 학생들이 가장 무서워하는 말이었다. '그래……. 그렇단 말이지?' 하며 입가에는 미소가 지어졌다.

그리곤 나름대로 체벌 수위를 정해보았다.

수업 분위기를 처음 흐트리는 학생에겐   "Last Chance 마지막 기회"

집중하지 못하는 학생에겐   "Stand up 일어나"

장난치지만 수업이 가능한 학생에겐   "Go out 나가"

수업 진행 불가일 땐   "Find a stick 회초리 가져와"

예의 없는 학생에겐   "Follow me 따라와"

　장난을 자주 쳐서 수업이 진행이 불가한 학생들에게는 "Find a Stick"이라고 하면 두려운 표정과 함께 밖으로 나간다. 그리곤 막대기를 정말 양심껏 주워 온다. 누구는 지푸라기 같은 막대기를 가져오지만, 커다란 나무 막대를 가져오는 학생들도 있다. 가져오는 것을 지켜보는 것은 또 하나의 즐거움이었다. "Follow me"는 더 지도 할 수 없고 나를 선생으로서 존중하지 않는 학생에게 하는 말이다. 이 말만은 하고 싶지 않았는데 안타깝게도 스와지 학교 생활 중에 한 번 하게 되었다.

　시간이 지나, 조금만 떠드는 학생을 어떻게 할지 가만히 보고 있으면 주변 학생들은 자기 일이 아니라고 "Follow me", "Find a stick" 라며 나를 성대모사 했다. 그러면서 그 학생은 자기도 웃긴지 웃고 있었다. 그 웃는 학생에게 다가가 조용히 속삭였다.

　"Find a stick"

1 학생들이 장난을 치던 날
2 5명이나 걸렸던, 어느 시끄러웠던 날
3 앗! 창피해! Stand up한 아이들
4 Go out한 학생들

실패한 3가지 특별한 수업!

학교 일정은 오후 3시면 모두 마무리가 된다. 학교가 끝나면 대부분 집에 가기 위해서 콤비 정류장에서 콤비를 기다리고 있다. 그중 집에 가기 싫은 학생들이나 근처에 사는 학생들은 학교를 배회한다. 그들은 그냥 앉아서 이야기를 하거나 공놀이를 하거나 음악을 틀어놓고 춤을 추고 있었다.

학교 수업이 모두 끝나고 집에 돌아와 지루함이 느껴질 때, '그 학생들과 함께 무언가를 할 수 있지 않을까?' 하는 생각이 들었다. 교장 선생님과 상의를 해 본 끝에 우리나라의 고3인 form 5에게는 유기 화학 수업을 하고, 원하는 학생들에 한해서 한글을 가르치며, 학교를 알릴 수 있는 Florence 뮤직비디오를 제작해 보기로 했다.

그리고 만든 광고지를 학교 게시판에 붙였다. 수업은 10주 동안 일주일에 2번씩 교실에서 하기로 했다. 유기화학 수업과 한글 수업을 들을 수 있게 하고, 시간이 날 때마다 동영상을 촬영해서 학교 홍보 뮤직비디오를 만들어 내는 것이 내가 기획한 특별수업의 목표였다. 관심 있는 학생들은 제법 많았지만, 정말 안타깝게도 모두 끝까지 진행할 수는 없었다. 1학기에 나는 수업에 적응한다고 아무것도 못 하고 2학기 중간부터 특별수업을 시작하게 되었는데, 그때부터 연말에 있는 중요한 시험을 준비하는 학생들은 특별수업을 듣는 것을 많이 부담스러워 했다. 이렇게 유기화학 수업은 3주 동안 5번의 수업이 진행되었고 아쉽게 마무리되어버렸다.

한글 수업은 아무런 자료 없이 준비하고 가르치려고 보니 많이 부족함을 느꼈다. 내가 한글을 알고 있다고 해서 한글을 가르칠 수는 없었다. '가나 다'와 함께 한글 읽는 방법을 가르쳤는데 그다음에는 무엇을 가르쳐야 하는지 몰라서 아쉽게도 한글 읽기만 수업했다. 이 특별수업도 유기화학 수업과 마찬가지로 학기 말에 있는 Final 시험 때문에 학생들이 부담스러워해서 중단할 수밖에 없었다.

뮤직비디오는 카메라맨 2명에, 댄서와 가수를 모집하고, 그들을 중심으로 학교를 소개하는 콘셉트로 구상했지만, 학생들은 생각보다 부끄러워했다. 주인공이 된다는 것이 부담스럽게 느껴졌나 보다. 친구들과 있을 때는 자연스럽게 춤을 추고 노래를 불렀지만, 카메라 앞에 나서기를 창피해했다. 그래도 원하는 학생들과 모여서 회의했고 촬영도 했지만 끝내 완성하지는 못했다.

함께하면 좋겠다는 생각으로 기획했던 3가지 특별수업.
유기화학 수업, 한글 수업 그리고 뮤직비디오. 창피하지만, 모두 완패했다. 사실 계획에 없던 것들이었고, 학생들과 방과 후에 시간을 함께한다는 데에 의의를 두었지만, 부담을 느낀 학생들이 많아짐에 따라 더는 진행할 수 없었다는 핑계를 대고 싶다. 그러나 학생의 바쁜 시기를 몰랐던 것이 나의 가장 큰 실수이다. 가장 바쁘지 않았던 1학기에 했더라면 더 많은 학생들이 관심을 가졌을 텐데 하는 아쉬움이 남았다. 특히, 한글 수업의 경우에는 전문성의 부족함을 느꼈고, 다음에 한글 수업보다는 한국의 문화에 대해서 10회 미만의 분량으로 소개해주는 프로그램이 훨씬 나을 듯 했다.

3가지 특별수업. 모두 가능성이 있다고 생각한다.

실패는 성공의 어머니라는 아주 오래된 격언처럼, 이 실패를 바탕으로 언젠가 새로운 기회가 주어진다면 절대로 놓치지 않고 더욱 멋지게 성공해 낼 것이라고 다짐했다.

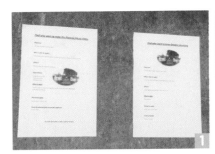

1 게시판에 모집 광고한 특별수업
2 심도 있게 진행된 유기화학 특강
3 주말에도 열심히 하는 학생들

학교에서 근무한 지 얼마 안 됐을 때의 일이다.

평소처럼 학교에 갔는데 선생님들끼리 모여서 이야기하는 모습이 심상치 않았다. 떠들고 장난치는 것이 아니라 심각해 보였다. 다가가 보니 마부자가 나에게 사뭇 진지한 모습으로 말했다.

"한 선생님의 아버지가 돌아가셨는데 우리가 가봐야 할 것 같아."

"나도 가도 돼?"

"당연하지. 이따가 점심 먹고 출발할 거야."

그렇게 따라나서게 된 동료 선생님의 아버지 장례식.

학교에서는 선생님들에게 공지문을 돌렸다. '우리는 점심 먹고 출발할 것이며 20릴랑게니약 2,000원씩 작은 정성을 모으자'는 내용이었다. 돈을 모아서 상주에게 주는 문화는 이곳에도 있었다. 선생님들끼리 부담이 안 되는 선에서 같은 금액을 모아서 주니 '얼마를 내야 하나?' 하는 눈치를 볼 필요가 없어서 부담이 덜했다.

스와지에는 따로 장례식장이 없었다. 그냥 고인이 지냈던 곳에서 손님을 맞이한다고 해서 그 선생님의 집으로 갔다. 우리는 트럭 뒤에 타고 이동했다. 한국에서는 위험하다고 금지된 것이 이곳에서는 서민들의 발이 되어있었다. 시원한 바람을 맞으면서 달려간 곳은 남아공이 보이는 산 중턱에 있는 집이었다.

분위기는 무거웠다. 모든 선생님이 도착하고 나서야 집에 들어갈 준비를 했다. 여자 선생님들은 기다란 스카프로 머리를 감싸며 가렸다. 교장 선생님의 신호로 한 선생님이 찬양을 부르기 시작했고 선생님들 모두 따라 부르며 우리를 기다리는 방으로 들어갔다.

손님을 맞이하기 위함인지 원래 장례식 때는 그렇게 하는지 방 안은 새로 청록색으로 페인트칠을 해서 페인트 냄새가 가득했다. 방 안에는 선생님과 아내와 가족들이 있었다. 방 안에 들어가서도 찬양은 계속되었다. 그리곤 모두 자리에 앉는데 신기하게도 무릎을 굽히지 않았고 다리를 쭉 편 채로 이야기를 나눴다. 그 나라 언어인 시스와티로 이야기를 해서 알아들을 수는 없었지만, 아마 고인에 관한 이야기일 거라 짐작해 본다. 이야기를 마친 후, 모두 함께 소리를 내서 기도하는 시간을 가졌다. '한국이나 스와지나 위로해주는 마음은 똑같구나!' 하며 선생님들을 따라서 이 집의 평화와 행복이 가득하길 기도하고 방에서 나왔다.

집 밖에는 분위기를 아는지 모르는지 아이들이 뛰어다니고 있었다. 어떻게 돌아가셨는지, 또 스와지의 장례 문화에 대해 궁금한 것들이 있었지만 굳이 묻지는 않았다. 동료의 슬픔을 함께 나누며 위로해주는 모습들을 보며, 그냥 '이곳도 사람 사는 곳이구나!'라고 기억하고 싶었다.

1 눈치를 보던 아이들의 모습
2 트럭을 타고 가는 선생님들

스와질란드에서 분필을 들다

야간 자율 학습!?
....

이곳에서도 야자가 있다니…….

여느 때처럼 남자 기숙사에서 샤워하고 돌아오는 길에 학생들이 책을 들고 어디론가 가고 있었다.

"어디 가니?"

"강당에 공부하러 가요!"

그리고 뒤따라가 본 강당에는 공부하는 몇 명의 학생들이 보였다. 강당에는 따로 비치된 책상이 없기 때문에 교실에서 직접 책상을 가져와서 공부해야 했다. 기숙사에서 지내는 학생들은 강당이든 기숙사 옆에 있는 교실이든 저녁 7시부터 9시까지 공부해야 하는 야간 자율학습 시간이 있었다. 사감 선생님은 방과 강당을 왔다 갔다 하며 학생들이 공부를 잘하고 있는지 감독하고 있었다. 다가가서 바라본 그들의 책상에는 선생님이 내주는 숙제들이 놓여 있었다. 나에게 모르는 것을 질문하기도 하고, 자기는 과학 공부하고 있다며 날 좀 봐달라고 하는 학생들이 기특해 머리를 쓰다듬어 주었다. 열심히 공부하는 학생들이 예뻐서 모두에게 초콜릿을 주었는데 학생들이 흥분해서 뛰어다니다가 사감 선생님께 혼나기도 했다.

◆ 공부하는 학생들 & 공부를 마치고 기숙사로 향하는 학생

　그 이후로도 강당과 공부하는 교실을 자주 찾았다. 사감 선생님에게 들키지 않게 소곤거리며 떠드는 학생도 있었고, 식당에서 싸온 저녁밥을 몰래 먹는 학생도, 친구들과 말다툼을 하기도 하는 학생들도 있었다. 이럴 땐 영락없이 아이들이었다. 친구들과 함께 하는 것이 언젠가 좋은 추억이 될 것을 이미 알고 있는지 학생들의 얼굴에는 웃음이 가득해 보였다.

　그날 밤 학생들과 소중한 시간들을 기억하기로 했다.
'찰칵!'

이야기 좀 해주세요

선생님들! 저에게 이야기 좀 해주세요……

학교 가는 길에 유난히 기분 좋은 것처럼 보이는 학생에게 물었다.

"헤이! 무슨 좋은 일 있니?"

"응! 오늘 수업 없잖아요."

"아니? 무슨 말이야?"

"오늘 청소해야 해서 수업 안 한대요."

학생들의 말을 반신반의하면서 교무실로 갔다. 먼저 와있던 동료 선생님에게 물어보니, 마찬가지로 몰랐던 눈치였다. 바로 뒤이어서 온 마부자는 오늘은 수업 대신에 거리 청소를 하는 날이라며 이야기를 해주었다. 미리 좀 알려주면 좋았을걸……. "그런 일이 있으면 미리 이야기해줘"라고 했더니 "허허허" 웃으며 학생들을 모으러 갔다.

이후에도 여러 번 출근한 다음에야 학교의 스케줄을 알게 되었다. 당연히 그 날은 준비한 수업을 할 수 없었다. 예상치 못했던 일이라 계획한 대로 진도를 나가지 못해서 답답한 마음이 들었고 이야기를 하지 않는 것에 대해서 화도 났다. 앞으로 학교 스케줄을 미리 이야기해달라는 부탁을 해도 전혀 달라지는 것이 없어서 '나를 무시하는 건가?' 하는 생각까지도 들었다. 이렇게 지낼 수는 없었다. 어떻게 하는 게 좋을지 고민하던 중에 갑자기 한 문장이 머리를 스쳤다.

'T.I.A. This is Africa!'

그렇다. 이곳은 아프리카이다. 로마에 가면 로마의 법을 따라야 하는 것처럼 내가 있는 곳에서의 문화를 따라야 했다. 그동안 나는 다른 문화에 속한 사람들에게 한국의 예의를 따르라고 이야기하고 있었던 것이었다. 바로 이것이 그들만의 생활방식이자 문화인데 내가 뭔데 바꾸려고 했을까? 그런 이기적인 자세를 버리고 나와의 '다름'을 인정하기 시작했다.

"미스터 안, 오늘 수업 없어.", "아 그래? 알겠어, 고마워!"
그 이후로는 짜증을 내지 않았다. 굳이 이유를 알려고 하지도 않았다. "또?" 하며 웃고 장난도 쳤다. 그리곤 퇴근할 때 교무실에 들러 다음날의 스케줄을 확인하는 습관이 생겼다. 부끄럽게도 그동안 나는 서로 웃으면서 마무리할 수 있던 일을 이유를 캐물어 가면서 그러면 안 된다며 고치라고 말하고 있었다.

처음부터 우리와 다름을 인정했더라면 편했을 것을.

길거리 청소하는 날

조용했던 학교에 구호가 울려 퍼진다.

"Keep the Swaziland Clean!"

원래 있던 수업이 갑자기 사라진 날이었다. 여학생들은 학교 내부 청소를 하고, 남학생들은 거리와 마을 청소를 하기 위해 학교 밖으로 나섰다. 거리 청소는 도로 주변의 쓰레기를 줍고 근처 마을에서 쓰레기를 또 줍고 태우는 시간이었다.

나와 히포는 거리 청소를 지도하게 되었다. 학생들은 길 양쪽으로 나눠서 걸었고 쓰레기를 주워 담고 있었다. 줍지 않고 떠드는 학생들에게 가서 쓰레기 주워오라고 시키면 느릿느릿 가서 줍거나 도망가다가 히포에게 잡혀서 혼나기도 했다. 조금 있으면 마을에서 보내준 차가 도착한다고 히포는 말했다. 차가 올 때까지 더 걸으면서 쓰레기를 줍다가 마을에 가면 그 주변까지도 청소해야 한다는 말을 듣는 순간 아프리칸 타임이 생각나면서 왠지 많이 걸을 것 같은 느낌이 들었다.

30분쯤 지났을까? 멀리서 '부아아앙' 하며 큰 차가 다가오는 것이 보였다. 위험하니 학생들에게 길에서 떨어지라고 말하려는 순간, 히포는 다가오

는 그 트럭이 마을에서 보내준 차라고 했다. '잠깐! 뭔가 좀 이상한데? 다가오는 차는 덤프트럭인데…….'

황당하게도 도로 옆에 멈춘 덤프트럭 뒤로는 학생들이 타고 있었다. 늘상 있는 일이었던지 학생들은 아무렇지도 않게 서로 좋은 자리를 맡으려고 뛰어 올라가고 있었다. 그렇게 가득 찬 덤프트럭은 마을로 향했다. 한 번에 실어나를 수 없어서 마을 트럭은 몇 번 더 왔다 갔다 하며 학생 모두를 태워 날랐다.

도착한 마을에서는 경찰들이 우리를 반겨주었고, 해야 할 일들을 알려주었다. 할 일은 비교적 간단했다. 마을 구석구석을 돌아다니면서 떨어져 있는 쓰레기를 한 곳에 모으는 것까지였다. 경찰들이 알려 준 방향으로 학생들은 마을 구석구석 돌아다니면서 쓰레기들을 모아왔다. 아까 쓰레기를 줍지 않고 도망갔던 학생들이 몰래 빠져나와서 사과를 사 먹다가 다시 또 히포에게 걸려서 다음날 교무실로 호출되었다. 아마 맞았을 것이다.

스와지는 길거리 청소와 마을 청소는 공무원만으로는 어려워 마을주민과 학생들의 힘을 자주 빌린다고 한다. 그래서 나라에서 차량과 식사까지 지원해준다. 이런 활동을 통해서 쓰레기를 함부로 버리지 않고 마을과 나라를 사랑하는 마음이 더 커졌으면 하는 거창한 바람과 동시에 오늘 아침에 수업을 안 해서 좋아하던 학생의 얼굴이 떠올랐다.

'숙제 내줘야지!'

1 덤프트럭을 타는 학생들
2 마을 청소를 하는 학생들
3 길거리 청소하는 학생들과 히포

우리 학교 학생들은 불금을 보낸다.

집에 조금이라도 빨리 가기 위해 부리나케 청소한다.

매일 아침에는 간단히 교실과 길을 쓸고 매주 금요일에는 학교 대청소를 한다. 모든 학생은 각자 맡은 청소 임무가 있었다. 누구는 쓰레기를 버리고 태우고, 누구는 창문을 닦고 바닥이 윤기가 나도록 왁스 칠을 하며 학교를 깨끗하게 했다. 이것만 하면 집에 간다는 생각인지 학생들의 손과 발에는 불이 나는 것처럼 보였다.

특히 비가 온 다음 날에는 학교 근처에 사는 염소들이 교실에 들어와서 하루 동안 숙박을 하기에 학교는 온통 염소똥 밭이 된다. 처음 봤을 때는 검은 콩 같은 것이 있길래 '이게 뭐지?' 하며 가까이에서 보다가 화장실에서 흔히 맡을 수 있는 냄새로 그것이 무엇인지 단 번에 알 수 있었다. 염소를 가까이에서 볼 기회가 많이 없어서 몰랐었는데 덕분에 염소 똥의 생김새를 잘 알게 되었다.

청소를 끝마친 학생들은 이리저리 뛰어다니면서 놀고 있었다. 협동해서 빨리 끝내기보다는 자기 일을 일찍 끝내고 노는 모습은 한국과 다를 것이 없었다. 청소를 잘하고 있는지 돌아보던 나에게 다가오더니 칩(과자)을 사 달라며 1랜드를 달라고 했다. '나에게 아직도 무엇을 달라고 하다니…….' 주머니에서 무언가 꺼내는 척을 하면서 꿀밤을 주었다. "우이 씨" 울상을 지으면서 쳐다보는 학생을 "시험 통과하면 선물 줄게"라며 달래주었다. 학생들의 반응이 귀엽게 느껴진 것도 잠시, 손을 올리기만 해도 머리를 감싸며 때리지 말라고 보내는 눈빛이 얼마나 많이 맞았으면 이렇게까지 반응할까 하며 슬퍼졌다. '나는 때리는 것이 아니야' 하며 학생의 쓰다듬어 주었다.

"청소해라!"

1 창문 닦는 학생들
2 염소가 머물고 간 교실
3 청소를 끝내고 쉬고 있는 학생들 '찍지 마요'
4 왁스 청소하는 한 학생
5 쓰레기를 태우자!

어리둥절 아침조회 진행

....

　현지 선생님들만 진행하는 줄 알았던 조회를 내가 하게 되었다.

　조회 진행하는 것은 당일 아침에서야 알게 되었다. 미리 알았다면 어떻게든 뺐을 텐데 나도 몰랐던 스케줄이 당황스럽게 했다. 조회는 학교의 모든 선생님이 순서대로 진행한다. 특별히 교장 선생님이 하고 싶은 말이 있더라도 진행은 담당 선생님이 하고 교장 선생님의 순서 때 이야기를 하고 마무리를 짓는다. 어쨌거나 조금 부담스러운 시간이었다.

　어떻게 진행하는지에 대한 이야기를 들은 것이 없어서 무엇을 해야 할지 전혀 몰랐다. 그것이 느껴졌는지 학생회장이 친절하게 설명을 해줬다. 아침 조회는 찬양, 기도, 격려, 해산의 순서로 진행된다며 앞에 서 있으면 학생들이 알아서 할거라고 했다. 어느 순간 나는 조회대 위에 서 있었다. 알아서 한 학생이 찬양을 시작했고 모든 학생이 따라 불렀다. 한 곡 두 곡을 부르면서 선생님들도 교내에 모든 사람이 모였다. 그리고 찬양이 멈추고 침묵이 흘렀다. 기도하자는 말을 할 때였다. "Let us pray." 그러자 학생들은 "Our father"를 시작으로 주기도문을 외웠다. 학생들에게는 매일 하던 조회이기에 실수 없이 잘 되고 있었다. 이어서 내가 이야기할 차례가 되었다. 갑자기 아침조회 때 무슨 이야기를 할까 고민하다가

"오늘은 월요일입니다. 이 시간 역시 우리에게 가장 소중한 시간이죠. 흘러가는 대로 보내지 말고 우리가 원하는 시간으로 만들어 봅시다. 오늘 하루도 힘내세요."

어색한 영어로 의미 있는 이야기를 하려니 힘들었지만 학생들은 웃으며 응원해주었다. 다음날도 "오늘은 화요일입니다. 지금 역시 중요한 시간입니다." 그다음날에도 "오늘은 수요일입니다"라며 이야기를 시작하니, 다음 날에 학생들이 먼저 "오늘은 목요일입니다"라며 웃음을 자아냈다. 하지만 목요일에는 나름의 준비를 했었다. 한국의 인사말을 소개하기로 한 것이다. 조회를 위한 인사말을 준비하면서 우리나라에 다양한 인사 방법이 있다는 것을 새삼 느끼게 되었다. 그중에서 가장 기본적이고 쉬운 인사인 '안녕?'을 가르쳤다.

"자 따라 해보세요! 안녕!"

"안녕!"

"손 흔들면서 안녕!"

"안녕!"

조회 이후 학생들은 나에게 "안녕!" 하면서 인사를 했고, 학교에서는 '안녕?' 이라는 인사가 유행이 되었다. 그날부터 내가 지나가면 학생이나 선생님들도 "안녕!" 하며 인사를 해 주었다. 그들의 발음은 앙녕? 안뇽? 앗뇽? 하며 재미있게 들렸다. 그들의 인사를 들을 때마다 웃음이 터져 나왔다.

바로 웃음이 터지는 인사, 그것이 진정한 인사가 아닐까?

 안녕!
 기도하는 학생들

흑인 소울

　학교행사로 음악을 틀어놓을 때면 음악을 듣는 학생들은 몸을 들썩이기 시작한다. 평소에 얌전하던 학생도 모두 자신의 흥에 취해 음악에는 남녀노소가 없었다. 어디서 그런 용기가 나오는 것일까?

　춤추는 것을 가만히 보고 있다가 시간이 정신없이 흘러간 것을 확인한다. 이들은 홍대나 대학로에서 버스킹하는 사람들만큼이나 잘했다. 춤을 추며 노래를 부르는 학생의 느낌이 충분히 전해진다는 것을 느끼는 순간, '아! 이것이 정말 흑인 소울이다.' 하며 혼잣말을 한다. 흑인 소울을 눈앞에서 바라보면서 나는 아무리 연습해도 도저히 따라 할 수 없을 것 같았다. 이곳에서 태어나거나 아주 오랜 시간 살아서 이곳의 향기가 묻어 있어야만 가능할 것 같았다.

　신나는 음악이 나와도 혼자 조용히 그 흥을 삼키면서 지내왔던 나의 학창시절과는 달리 스와지에서는 초등학교 학생들조차도 음악이 나오면 춤을 추고 노래하고 소리를 지르며 온몸을 이용해 표현하고 있었다.

　현대과학기술의 발달과는 조금 멀리 떨어져 있는 스와지의 한 마을에서 컴퓨터와 스마트폰이 없던 시절, 친구들과 뛰놀던 어린 나의 모습을 발견할 수 있었다. 약속 없이 나와서 친구들을 만나고, 집에서 저녁 먹으라는 어머니의 외침 소리와 함께 집에 들어가는 것이 나의 어린 시절과 비슷해 보였다. 스와지의 삶은 마치 타임머신을 타고 과거로 돌아간 듯한 느낌이었다.

가끔은 남학생 기숙사에서 물을 데우면서 이야기를 나누며 느끼는 것은 학생들은 나에게 관심이 참 많다는 것이다. 그들은 내게 아프리카의 흥이라며 이것저것 가르쳐 주려 했다. 때로는 아프리카의 언어를 가르쳐주기도 했고 다른 날은 노래와 댄스를 직접 보여주며 따라 해보라고도 했다. 또 몸으로 비트를 만들어 내기도 했다. 너무 신기하고 다들 잘하길래 "이것들을 다 어디서 배웠어?"라고 물었다. 학교에서 형들이 알려준다고 했다. 그렇게 학원도 없는 이곳에서 음악적인 문화, 흑인 소울은 다음 세대로 전달되고 있었다. 너무나 신기했다. 자신들의 감정을 표정, 몸의 움직임을 통해서 흥겹게 전달할 수 있다는 것이 한편으로는 부러웠다. 또한 어디에서나 춤을 추고 노래를 불러도 따가운 시선이 아닌 화음을 넣어주고 함께 춤을 추어 그곳을 핫플레이스로 만들어 버리는 사람들, 그리고 그 문화가 멋지고 부러웠다.

목소리, 표정 그리고 몸동작 등 이용할 수 있는 모든 것을 이용해서 자신의 감정을 표현해내는 진짜 흑인 소울을 마음속 느낌이라는 책에 간직하기로 했다.

1 춤추는 여학생들
2 춤추는 아이들
3 춤추는 남학생들
4 춤추는 어머님들

내가 교사가 되기로 마음먹었을 때 나 자신과 맺은 또 하나의 약속은 '내가 가르치는 학생 모두와 개인적인 상담을 하는 시간을 갖는다'는 것이다. 외국인이라고 예외는 아니었다. 특히, 이곳 학생들은 무슨 생각을 하는지, 어떤 꿈을 위해서 공부를 하고 있는지가 궁금했고, 한국에 대해서도 알릴 겸 점심시간에 라면과 함께 상담을 시작했다.

처음 초대했던 학생들과 마찬가지로 초대받은 학생들은 라면을 먹는 것에 익숙하지 않았는지 "맵다, 뜨겁다"고 말하며 대부분 남겼다. 젓가락을 사용하지 못하는 학생들은 포크로 돌돌 말아먹으면서, 면을 끊을 때는 손으로 끊는 모습은 여전히 귀여웠다. 마치 젓가락을 사용하지 못하는 어린 아이들처럼 귀여웠다.

학생들과 이야기를 나눠보니 그들의 성장 배경은 다양했다. 형제자매와 같이 학교에 다니는데 특이하게도 배다른 형제지간인 것이다. 엄마가 다르거나, 아빠가 다른 경우가 이곳에서는 보편적이었고 그 아이들의 사이도 나쁘지 않았다. 또 어떤 학생은 어릴 때 아이를 낳고 육아를 하느라 학교에 다니지 못하고, 26살의 나이로 Form 4(고1)반에서 학업을 계속 이어가고 있었다. 심지어 등록금을 내지 못해서 등록금을 벌기 위해서 수년간 일을 하고 돌아온 학생들도 있었다.

저마다 다른 상황에 있었지만, 되고 싶은 것과 그것이 되고 싶은 이유는 모두 비슷했다. 대부분 돈을 많이 벌고 가난의 굴레에서 벗어나기를 원했다. 대부분 의사, 화학 공학자 같은 기술자가 되고 싶다고 했는데 돈을 많이 벌 수 있는 직업이라는 이유였다. 그러나 나에게는 그 모든 이유들이 그 직업의 본질과 목적은 잊은 것같은 이야기로 들렸다.

의사는 아픈 사람을 고쳐주기 위해서 되는 것이고, 화학 공학자처럼 엔지니어는 인류의 편안함과 편리함을 위해서 일을 해야 한다고 했다. 눈에 보이는 것들을 위해서 살아온 나의 경험과 함께 절대로 행복해질 수가 없다고, 돈은 더 많은 돈을 부르고 그러다 보면 돈의 노예가 되어있고 해야 할 일조차도 제대로 못 하게 될 거라는 이야기를 하고 상담을 마무리 했다. 내가 그들에게 말 많은 잔소리꾼 외국인으로 느껴질 수 있지만, 나는 이들이 부디 세상에 공헌하고 선한 영향력을 끼치는 훌륭한 사람이 되기를 바라는 마음으로 그들에게 외쳤다.

대부분 학생이 의사와 엔지니어가 되고 싶다고 했지만, 어릴 때부터 잡지를 봐오면서 글을 쓰는 게 좋다며 작가가 되고 싶다는 학생에게 관심이 갔다. 한번 글 쓰는 것을 가져와 보라고 했는데 계속 미루던 학생은 내가 가는 날까지 결국 가져오지는 않았다. 그래도 하고 싶은 일을 위해서 스스로 연습하고 있을 거라 믿는다.

상담이 한창 진행되고 있던 어느 날, 교장 선생님이 나를 호출했다. 무언가 조금 불길한 느낌이 들었다.

"점심시간에 학생들을 집으로 불러서 무엇을 합니까?"

"한국 음식을 먹으며 상담을 하고 있습니다."

"상담이라뇨? 무슨 문제 있습니까?"

"딱히 없지만, 꿈이나 무엇을 위해 공부하고 있는지 물어봤습니다."

"원래 우리 학교 상담은……"라는 말을 시작으로 따로 상담선생님도 존재하고 특별한 문제가 없는 한 학생을 따로 상담하지 않는다며 상담을 그만하기를 원했다. 특히 학생을 집으로 불러서 상담하는 것은 학교의 규율상 금지가 되어있다고 해서 4명을 끝으로, 라면 상담은 막을 내리게 되었다. 학생들과 가까워지고 한국에 대해서 알아보는 시간이 서로에게 유익할 거라 생각했지만 그런 나의 행동은 학교 규율을 어기고 있었다. 그날 이후로 학교에서 시간 나는 대로 학생들의 꿈을 물어보곤 했다. 대부분 돈을 벌고 싶은 것이 목적이었지만 하고 싶은 것이 있었고 또 그것을 위해서 노력하고 있었다.

비록 환경은 어렵고 힘들지라도 그들의 눈빛은 살아 있었다.

꿈을 꿈꾸고 행하는 데 환경은 그리 중요하지 않다는 것을 이들을 통해서 다시 한 번 느끼게 되었다.

1 간호사가 되고 싶은 가메지|Gameji
2 의사가 되고 싶은 미츠살리|Mietssali
3 화학공학자가 되고 싶은 옥타비아|Octavia
4 의사가 되고 싶은 씨제|Sijea
5 작가가 되고 싶은 가와씰레|Gawassille

스와질란드에서 분필을 들다

첫 번째 학교행사

....

'School's day'

우리 학교의 개교기념일이다.

한국과 가장 큰 차이는 개교기념일에도 학생들은 등교한다는 것이다. 한국의 개교기념일에는 하루 동안 쉬면서 학교의 의미를 생각하지만, 이곳에서는 학교를 위한 행사를 만들고 있었다.

행사 전날 학교 앞에 있는 큰 나무를 베었다. 아파트 10층 정도 돼 보이는 나무를 예쁘지 않고 필요하지 않다며 과감하게 베어버렸다. 알고 보니, 다음 날에 있을 개교기념일 행사에 필요한 공간을 만들기 위해서였다. 선생님들도 처음 하는 행사라 조금 더 신경 써서 준비하고 있었다.

개교기념일 행사에는 졸업생, 동네 주민, 학부모님들 그리고 각종 관공서 직원들이 초청되고 각 학년 학생들은 장기자랑을 준비했다. 학생들은 스포츠 시간에 연습했던 아름다운 합창, 신나는 아프리칸 댄스, 화끈한 연극으로 행사를 더욱 풍족하게 만들었다. 행사에 초대된 졸업생들은 후배들의 공연을 보고 박수를 아끼지 않았다. 또한, 지역 교육청 관계자들과 다른 학교 교장 선생님들 모두 학교를 위해서 도서를 기증하고 후한 기부금까지 지원했다. 개교기념일에는 정말 온전히 학교를 위하고 있었다.

"그동안 학교를 위해서 청소하시고 음식도 해주시고 지켜주시고 수업하시느라 고생 많으셨고, 앞으로도 잘 부탁드립니다"라며 학교의 모든 근로자에게 격려를 해주었다. 게다가 그들에게 선물도 제공했다. 근무한 지 얼마 되지 않은 나에게도 선물을 주었다. 떡 하니 내 이름이 있는 접시를 받으면서 '나를 이렇게까지 생각하시는구나.' 하며 감동했고 더욱 열심히 해야겠다는 의욕이 샘솟았다. 나도 이 정도인데 다른 현지 선생님들의 감동은 얼마나 클지 짐작 할 수도 없었다.

학교를 위해서 일하시는 많은 분을 격려하는 행사, 학교를 생각하는 마음으로 인해 나는 스와지에서 또 배우고 있었다. 또한 학생들은 학교가 쉬지 않아서 싫어하는 것이 아니라 오히려 그런 행사를 기쁨으로 즐기고 있는 모습이 참 보기 좋았다. 집에 와서 나는 그동안 지내왔던 개교기념일에 대해서 생각해보았다.

'과연 내가 보낸 개교기념일은 무엇을 위하던 날이었나?'
학교를 위하는 날이었나?, 학생을 위하는 날이었나?

1 공간을 위해 나무를 베고 있는 모습
2 이름이 적힌 접시를 받았다.
3 도시락을 받는 학생들
4 교장 선생님의 지휘에 합창하는 학생들
5 시작되는 개교기념일 행사

'Children's day'

6월의 마지막 날은 바로 스와질란드의 어린이날이다.

슬프게도 이날 역시 이야기해주는 사람이 아무도 없어서 출근하고 나서야 알게 되었다. "오늘 어린이날이라 다른 학교로 가서 어린이날 행사를 즐긴다"며 이동할 준비를 했다.

아프리카 타임을 포함해서 말했던 시간보다 1시간 늦게 도착했다. 올해는 5개의 학교가 한 곳에 모였다. 먼저 도착한 학생들은 본격적인 행사 전에 공연 연습을 하고 있었다. 다른 한쪽에는 자신들의 권리가 적혀진 피켓을 들고 있는 어린 학생들이 눈에 띄었다. 미국의 잡지 'Times'를 모방해 만든 피켓에는 'END-Violence, Raise Love학교폭력을 없애고 사랑으로 감싸주자'라는 내용이 담겨 있었다. 얼마나 폭력이 많았으면 이런 피켓을 만들까 하며 안타까움과 대견하다는 생각이 동시에 들었다. 이 행사를 통해서 불합리한 폭력이 사라지길 바라본다.

어린이날 행사에는 참석한 학교의 선생님들과 학부모님들 그리고 지역 경찰관도 참석했다. 행사에는 춤, 연극, 합창 마지막으로 피켓 퍼레이드까지 다양한 프로그램이 준비되어 있었다. 학교마다 한두 개씩 프로그램을 준비해왔고 그곳에서 학생들은 자신들의 끼를 마음껏 뽐내었다.

흥겨운 아프리카의 휘파람 소리, '까르르' 작은 것에도 웃는 사람들과 그 웃음소리에 웃는 사람들, 웃음은 번지고 번져서 내가 있던 장소는 금세 웃음바다가 되었다. 학생들뿐만 아니라 선생님들까지 함께하는 공연으로 분위기는 후끈 달아올랐다.

한 연극이 기억에 남는다. 학생이 집에서도 학교에서도 폭력을 당하고 경찰관이 그들을 도와서 최소한의 권리를 보장받는다는 내용이다. 얼마나 실감 나게 연기를 잘하던지 폭력을 당하는 학생을 보면서 눈물이 날 뻔했다. 그만큼 몰입이 잘 되었다. 학생들 모두 연극을 진지하게 보고 있었고, 나중에 경찰이 모든 문제를 해결할 때, 지켜보던 사람들은 세상이 구원된 듯 격하게 환호하고 있었다. 이런 연극을 통해서 학생들에게 폭력이 얼마나 심각한 영향을 미치고 있는지 참석한 모든 어른에게 시사해주고 있었다. 게다가 학생들에게는 만약 자신이 폭력을 받았을 때 어떻게 해야 하는지 대처방법을 배우는 데에도 큰 의미가 있었다.

스와지의 어린이날을 통해서 진정한 어린이날의 의미도 생각해보게 되었다. 개교기념일과 마찬가지로 스와질란드의 어린이날은 그냥 집에서 쉬는 날이 아닌, 진정으로 그 나라의 어린이들, 학생들을 위하는 날이었다. 학생들 스스로 자신의 권리를 이야기하고 주장하는 날. 그 날이 바로 스와질란드의 어린이날이었다. 그동안 쉬는 날이라고 좋아하며 어린이날을 보내던 순간들이 생각나면서 부끄럽게 느껴졌다.

1 연극을 하고 있는 학생들
2 피켓 퍼레이드 하는 학생들
3 Times의 폭력은 그만!
4 피켓 홍보를 하고 있는 학생들

'Teacher's day'

한국에 스승의 날이 있다면, 스와질란드에는 선생님의 날이 있다.

제자들이 선생님을 찾는 우리나라 스승의 날과는 달리 스와지의 선생님의 날에는 전국의 선생님들이 한 곳에 모이는 날이었다.

모든 선생님이 단체 티를 맞춰 입고 교사의 권리를 이야기하는 현수막을 들고 춤을 추며 행진한다. 그다음에는 한 곳에 모여서 단체로 춤을 추면서 즐긴다. 그들은 전혀 창피해하지도 않았다. 술도 마셔가면서 자신의 학교에 관해서 이야기했고 서로 자신의 학교가 최고라며 학교 자랑을 하기에 바빴다. 지역별로 점심이 제공되고 모여서 선생님들끼리 자유롭게 시간을 갖는다. 게다가 교육부 장관도 행사에 참여해서 교사를 위해서 무언가를 하겠다는 약속을 말하고 교사들은 환호했다. 시끄러운 틈 속에서 'Education is the most powerful교육은 가장 강력한 힘이다'이라는 말을 들었다. 가장 위대한 일을 하는 교사들에게 장관께서 직접 격려를 해주니 선생님들의 사기가 많이 올라간 듯 느껴졌다. 교육부 장관이 직접 교사들과 직접 소통하는 모습이 참 보기 좋았다.

개교기념일에는 학교를 위한 행사를, 어린이날에는 학생들을 위한 행사를 선생님의 날에는 선생님들을 위한 행사를 개최하고 있었다. 행사에 이름에 맞게 자신들을 위한 권리를 주장하고 있었다.

개발도상국이라고 우리보다 모두 뒤떨어지는 것은 아니었다. 비록 환경이나 하드웨어적으로는 뒤떨어질 수 있으나 교육에 대한 마음과 열정까지도 뒤에 있는 것은 아니었다. 단지 우리와 많이 다를 뿐이었다.

행사가 마무리되고 집으로 돌아가는 길에 '만약 이런 프로그램이 한국에서 열린다면?' 이라는 생각을 해봤다. 수직적인 성향이 강한 우리나라에서는 선생님들끼리 다 모인다면 즐기는 분위기보다는 어색한 분위기가 연출될 것만 같았다. '귤화위지'라는 사자성어가 있다. 달콤한 귤이 씁쓸한 탱자가 된다는 말이다. 달콤하고 맛있는 귤나무를 옮겨서 다른 곳에 심으면 그곳에서는 씁쓸한 탱자가 열릴 수 있다. 그 지역의 환경과 조건이 맞춰져야 달콤한 귤이 열린다는 의미다. 선생님의 날은 스와질란드에서 귤이지만, 한국에서는 탱자가 될 가능성이 높았다.

스와지에서의 삶은 문화적으로 다름이 있다는 것을 느끼고 그 문화를 서로 존중해야 할 필요가 있다는 것을 알게 해주었다. 전에는 생각해보지 못 했던 것을 스와지에서 살아보는 동안 생각해보는 시간을 갖게 되었다. 내가 당연하다고 생각한 것은 더는 당연한 것이 아니었고, 오히려 그것은 걸림돌이었다. 그렇게 나 스스로 없애지 않으면 받아들이기 힘든 것들이 무엇인지 알아가고 있었다. 그렇기 때문에 더 넓은 세상을 보고 지금 살고 있는 문화권이 아닌 다른 문화권에서도 살아봐야 하는 것 같다.

 스와지 교육부 장관님과!
 연설하는 교육부 장관
 행진하는 선생님들

무서운 수학 여행

스와지에서도 수학 여행이 있었다. 졸업 학년만 수학 여행을 가는 한국에 비해 우리 학교는 전교생이 참여했다. 수학 여행은 5박 6일간의 일정으로 '더반Durban'이라는 남아공의 남쪽 도시로 떠났다.

여행을 간다는 설렘이 있었는지 밤새워 뒤척이다 늦잠을 잤다. 출발하려는데 내가 보이지 않는다며 데리러 오는 학생이 없었다면 수학 여행에 참여하지 못할 뻔 했다. 다행히 전날에 미리 준비해서 바로 나갈 수 있었다. 이상하게 이날은 평소 1시간은 기본으로 늦던 아프리카 타임은 없었다. '꼭 필요할 땐 없다니까?' 투덜거리며 부랴부랴 버스에 올라탔다. 남아공은 무서운 나라라고 하는데 좋은 추억이 듬뿍 생기기를 바랐다.

수학 여행비용은 학생이 2,800릴랑게니약 28만 원, 선생님은 그 절반인 1,400릴랑게니였다. 참고로 스와질란드에서 더반까지 콤비 비용이 500릴랑게니와 비교하면 상당히 저렴한 편이었지만, 학생들에게는 한 학기에 약 30만 원 정도 되는 등록금에 비하면 그렇게 싼 편은 아니었다. 비싼 비용 때문인지 300명 중에 약 40명의 학생이 수학 여행을 떠났다. 아마 이 학생들은 어느 정도 잘 사는 집의 아이들일 것이다.

학생들은 여행을 가서 좋은지, 집과 학교를 떠나서 좋은지 버스 안에서 큰소리로 노래를 부르며 춤을 추고 있었다. 먼 곳으로 여행을 떠난다고 새 옷을 입고 미용실에서 새로 머리를 하고 온 학생들도 있었다. 다른 학생들이 부럽다며 머리를 만지고 있지 않았다면 비슷한 스타일이었기에 알아보지 못했을 것이다.

일 차선 도로를 한 시간 정도 달려 국경에 도착했다. 역시나 인원이 많아서 모두 국경에서 도장을 받는 데에만 한 시간이 넘게 걸렸다. 단번에 달려가기에는 너무 멀어서 중간에 남아공의 또 하나의 큰 도시인 리차드베이의 한 쇼핑몰에서 휴식했다. 남아공은 땅이 넓어서 백화점을 높게 만든다는 것보다는 낮고 넓게 만드는 듯했다. 웬만한 한국백화점보다 컸던 남아공 백화점에는 많은 옷 가게들과 먹거리 그리고 서점까지도 다양하게 있었다. 교장선생님은 분명 '10분 휴식'이라고 이야기했는데 다시 출발하기까지 30분이나 걸렸다.

약 3시간을 더 달려가니 드디어 바다가 보이기 시작했다. 시내로 갈수록 도로는 점점 넓어졌고, 차들이 많아져 복잡해지는 것을 보니 진짜 큰 도시, 더반에 온 실감이 났다. 아프리카의 대륙이 정말 크다는 것을 실감하게 되는 순간이었다. 더반 시내에는 건물이 빽빽하게 있었고, 최신식은 아니었지만, 다양한 모양과 구조의 아파트가 있었다. 그리고 일 층에는 흔히 볼 수 있는 가게들이 있었는데 그곳의 유리에는 쇠창살이 있었다. 옷을 전시

해서 보여주는 것보다도 가게의 보호가 우선이라는 느낌이었다. 그런 모습을 통해 도시의 치안을 짐작게 했다.

호텔 앞에 차가 멈췄고 학생들의 모습을 사진으로 담기 위해서 카메라의 셔터를 누르고 있었다. 그 모습을 본 지나가던 사람들이 "Hey! Watch up your camera", "Be careful"이라며 경고를 한마디씩 했다. 스와질란드에서 카메라를 들고 다닐 때는 이런 경고를 들은 적이 없었는데 남아공에서는 많은 사람이 말하고 있었다. 그래서일까? 모두가 내 카메라를 쳐다보는 듯한 느낌에 등이 서늘해졌다. 무서웠다. 칼을 든 강도, 소매치기가 특히 많다는 이야기가 생각났다. 그 현장에서 날아오는 경고들을 마냥 무시할 수는 없어서 조용히 카메라를 가방에 넣었다. 더반도 요하네스버그처럼 사건 사고가 잦기로 유명한 도시라고 한다. 조심해야지!

바로 호텔로 들어갔다. 방안에서 씻고 창밖을 바라보았다. 마음 한구석에는 여행지를 100% 느끼지 못하는 것에 대해서 아쉬움이 느껴졌다. 다른 사람들의 나를 위한 충고와 조언은 고마웠지만 그 도시에 대한 호기심을 이기지는 못했다. 밖으로 나가서 근처만 살짝 돌아보려고 나가려던 마침, 히포가 슈퍼에 간다고 해서 함께 더반의 거리로 나섰다. 자기도 더반은 무섭다며 주변을 경계하면서 걸었다. 거리에는 정상인 반 무언가에 취한 사람이 반 있었다. "치노!", "칭챙총!" 역시 이곳도 동양인만 보면 같은 말을 외치고 있었다. 그들은 나뿐만 아니라 스와지 사람에게도 시비를 걸었다.

내가 중국, 한국, 일본 등 아시아 사람들을 구분할 수 있는 것처럼, 이들도 아프리카에서 다른 국적을 구분할 수 있다고 했다. 자신과 같은 나라가 아니라고 생각되면 시비를 걸었다. 할렘 거리 같은 으스스한 분위기가 맴도는 곳에서 사진을 찍으려는데 차 안에서 "찍지 마!"라며 소리치는 사람들. 무심코 간 골목에 "총기사용금지" 표지판들이 우리의 발걸음을 다시 호텔로 향하게 했다. 그때 히포는 나보다 발걸음이 빨랐었다. "히포! 너도 겁쟁이구나?" 하며 놀리면서 방으로 돌아왔다.

다음 날 아침 일찍 눈을 떴다. 어젯밤의 도시 탐방이 아쉬워서 해변으로 나갔다. 마침 저 멀리 수평선 위에서 해가 뜨는 일출을 바라보며 일몰과의 차이가 느껴졌다. 일몰에는 사나운 맹수들이 해가 지는 것을 보면서 눈을 뜨고 두리번거리며 나오는 느낌이라면, 해가 뜨는 아침에는 그 맹수들이 피곤해서 잠을 자러 들어가는 느낌이었다. 같은 풍경임에도 불구하고 그 분위기는 완전히 상반되었다. 빛이 사라지는 것과 빛이 나오는 것은 확실히 달랐다. 더반의 해변도 그러했다. 어젯밤의 그 무서운 사람들은 모두 어디론가 가버리고 평화가 찾아온 듯했다. 해변의 사람들은 아침 햇살이 나오기도 전에 새벽 서핑을 즐기고 있었고, 잠을 깨우는 조깅을 하고 있었다. 그들은 참 건강하게 보였다. 어젯밤의 무서움은 해가 나오면서 사라지고 그들의 건강한 기운을 받고 숙소로 돌아갔다.

1 남아공의 거리
2 Gun—free Zone
3 취하지 않은 사람들
4 남아공 국경에서
5 서핑하러 가는 사람들

수학 여행 시작!

숙소로 들어오고 나서 본격적으로 수학 여행은 시작되었다.

호텔에서는 식사를 제공해주지 않는 탓에 직접 만들어야 했다. 어쩐지 비용이 너무 싸다고 생각했다. 각 방에 빵, 달걀 그리고 햄과 채소를 학생들이 전달해 주었다. 어떻게 먹을까 고민하다가 샌드위치를 만들었다. 맛은 없었지만, 배를 채우기 위해 어쩔 수 없이 먹었다. '수학 여행에서 식사를 직접 준비해야 한다니.' 정말 생각하지 못했다. 점심은 버스에서 KFC에서 산 빵 2개와 치킨 한 조각을 먹기도 하고, 저녁도 숙소에서 만들어 먹었다. 그들만의 방법으로 수학 여행에서 배를 채웠다.

매일 아침은 기다림의 연속이었다. 아무리 이해하려 해도 역시 아프리카 타임에 적응하기는 참 힘들었다. 8시에 출발한다는 말에 준비하고 내려가면 출발은 9시에 했다. 또, 휴게소에서 15분 후에 출발한다고 했는데 1시간 후에 출발했다. 이런 아프리카 타임은 정말 짜증이 났다. 그나마 이럴 때는 음악을 듣거나 책을 보면서 시간을 보낼 수 있었지만, "30분 후에 식사합니다"라며 아프리카 타임이 식사시간에 걸렸을 때는 배가 너무 고파서 음악은 더는 들리지 않았고 책의 글자는 보이지 않아 아프리칸 타임을 기다리는 것은 힘든 고난이었다.

5박 6일간의 여행 일정은 참 빡빡했다. 오전, 오후, 심지어 저녁 식사 이후에도 어디론가 떠났다. 모든 일정에 동행했던 나는 결국 완전히 지쳐버렸다. '이렇게까지 힘들게 관광하는 것이 과연 의미가 있을까?' 하는 생각으로 바라본 그들은 선생님과 학생들 모두 불평하지 않고 힘든 기색이 없이 그 순간을 즐기고 있었다. '한 체력 하는 나는 이렇게 힘든데.' 정말 이들은 강철 체력이었다. 마지막 날, 돌아가기 싫어하며 아쉬워할 줄 알았는데, 빨리 집에서 쉬고 싶다는 생각이 먼저 들 만큼 바빴던 여행이었다.

돌아오는 버스에서 눈을 감고 수학 여행을 정리해보았다. 박물관, 사파리 공원, 야시장, 아쿠아리움, 월드컵경기장, 더반 공항, 남아공 대학교 그리고 많은 쇼핑센터 게다가 남아공 보트도 체험하며 더반 구석구석을 누볐다. 마치 빡빡한 여행사의 패키지 여행을 한 듯 모든 시간을 가득 채워서 움직였다. 가격만 만족스러운 여행이었다. 아마 혼자 갔으면 적어도 3~4배 이상 들었을 것이다. 그러나 먹고 싶은 것을 먹고 싶을 때 마음껏 먹지 못했다는 것이 가장 큰 스트레스였다. 내가 이렇게 먹을 것에 욕심내는 사람인지 처음 알았다. 이렇게 여행은 때때로 내가 몰랐던 나의 새로운 모습을 발견하게 해주기도 한다.

바다에 갔을 때 학생들의 모습이 떠오른다. 스와질란드는 내륙지방이기 때문에 주변에 바다가 없다. 그래서인지 학생들은 바다를 보자마자 망설임 없이 뛰어들어갔다. 오는 파도를 모두 손을 잡고 맞서는 모습이 '함께' 잘 어울리는 것처럼 보였다. 수학 여행 간다고 미용실에서 머리를 하고 온 여학생들은 머리에 물이 튀기지 않게 하려고 헤어캡을 쓰고 바다에 들어간다. 그런 순수한 모습에 피식하며 웃었다. 우리나라였다면 한동안 놀림거리가 됐을 텐데 이곳은 서로를 모두 이해하고 아무렇지도 않은 듯했다. 어떤 학생은 바다를 처음 본다고 했다. 심지어 바로 옆 나라인데도 불구하고 남아공을 처음 가는 학생도 있었다. 나에게는 빡빡했던 패키지 여행이었지만 적어도 이들에게 수학 여행은 평생에 잊지 못할 의미 있는 여행이었을 것이다.

더반에서 가장 유명한 대학교 탐방을 했을 때는 학생들은 도서관에서 공부하고 있는 대학생들과 넓은 학교 시설들을 보며 '나도 여기서 공부하고 싶다'라는 마음을 갖게 된 것 같았다. 형, 누나, 언니, 오빠들이 예쁘게 꾸미고 열심히 공부하고 또 웃으면서 대학생활을 즐기고 있는 모습에 충분히 많은 자극을 받은 듯했다. 돌아오면서 학생들을 응원해주었다. "애들아 열심히 하면 충분히 올 수 있단다!"

만약 내가 기획했더라면 돈이 조금 들더라도 시간적인 여유를 가지는 여행을 했을 텐데 하는 아쉬운 생각이 들었다. 우리 학교 2015년의 수학 여행은 최소한의 돈으로 바쁘게 많은 것을 보았다. 이 수학여행은 누군가에게 바다를 처음 보는 시간이었고, 또 누군가에게는 대학교를 가야겠다는 좋은 자극제였을 것이다.

　힘들어도, 힘들지 않아도 어떠한 모습으로든 기억에 남게 되는 수학 여행. 그 여행을 통해서 어떤 열매를 맺느냐가 중요하다.
　참석했던 모든 학생이 각자가 기대하는 열매가 열리길 바라며 얼마나 왔는지 확인하고 다시 눈을 감는다.

　역시 아프리카는 넓었다.

1 식사는 스스로 하자
2 헤어캡을 쓰고 있는 귀여운 학생
3 바다에서 사진 찍고 있는 학생들
4 배를 탄 학생들

교장 선생님에게 대들다.

한국에서는 상상도 할 수 없는 일이 벌어졌다.

선생님들과의 관계가 수평적이라 선생님들은 의견을 자유롭게 이야기했다. 그래서 자기 생각과 감정을 편하게 드러내곤 했다. 이곳에서 학교생활을 한 지 6개월 정도가 지나니 나도 이런 스와지 문화에 어느 정도 적응이 되었던 것 같다.

스와지의 수학 여행에서는 모든 선생님이 함께 협력해서 준비하지 않았다. 동료 선생님들과도 공유하지 않은 채 몇몇 선생님들만 기획하고 진행했다. '선생님으로서 함께 학생들을 돌보려면 스케줄을 알아야 할 것 아닌가?' 하는 내 생각과 달리, 기획한 선생님들 빼고는 다음에 어디로 가는지, 어디서 밥을 먹는지, 또 무엇을 하는지도 알지 못했다.

수학 여행의 둘째 날, 이런 시스템을 몰랐던 나는 결국 화가 폭발했다.

"30분 후에 식사가 온다"

그리고 30분 후에는 "10분 후에 온다"

다시 또 10분 후에는 "금방 올 것이다."

반복되는 '조금 있다가 온다'는 말에 저녁 식사는 계속해서 미뤄지고 있었다. 참다못해 기획하는 선생님의 방에 가서 물어보니 근처에서 도시락을 주문했는데 그곳에서는 주문량이 많다며 식당에 잘못을 돌렸다. '당연히 미리 주문했어야지……' 하며 결국 1층 카페에서 햄버거를 주문했다. 주문한 햄버거를 기다리고 있는데 갑자기 학생들이 숙소에서 내려오고 있었다.

'이게 지금 무슨 상황이지?' 학생들에게 어디 가느냐고 물어보니 쇼핑몰에 간다고 했다. 선생님은 당연히 수학 여행에서 학생들을 돌봐야 하고, 또 돌보기 위해서는 일정을 당연히 알고 있어야 한다고 생각했는데 그 일정을 나와 공유하지 않는다는 것이 나를 무시하는 것처럼 느껴졌다. 화가 나서 학생들을 태우고 있는 선생님에게

"왜 스케줄을 나와 공유하지 않냐?, 나는 여기 학교에 무엇이냐?"

"Sorry……."

미안하다고 말하며 빨리 옷 갈아입고 나오라고 했다. 나의 표정을 보고 선생님은 사과했지만 쉽게 화가 가라앉지 않았다. 미안하다는 것을 알면서도 선생님들의 행동들이 도저히 이해가 가지 않았기 때문이었다. '일정을 알려주는 것이 그렇게도 어려운 일인가?' 하는 생각이 더 화가 나게 했다. "오늘은 가고 싶지 않다." 하며 숙소로 올라가려고 엘리베이터를 기다리던 중에 마침 내려오던 교장 선생님과 마주쳤다. 교장 선생님은 내 표정을 보

더니 "무슨 일이냐"는 말에 결국 참아왔던 화가 폭발해 버리고 말았다.

"교장 선생님, 저는 이 학교에 선생님이 아닙니까? 왜 저에게 아무것도 알려주지 않습니까? 출발 시간, 식사시간이 미뤄지는 것도 참았는데 저도 모르는 일정에 학생들을 돌보······."

끝까지 듣지 않고 교장 선생님은 그냥 가버렸다. '나도 모르는 일정에 어떻게 학생들을 돌볼 수가 있겠는가?, 아프리카는 원래 다 이런가?' 하며 아무리 이해해보려 해도 이해할 수가 없어서 답답했다. 그날의 일정이 마무리되고 교장 선생님은 내가 머무는 방으로 찾아왔다. 내가 왜 화가 났는지 이야기하려고 오신 줄 알았는데 "학생들도 있는데 소리치면 어떻게 합니까?" 하며 오히려 나에게 소리를 높였다. 확실히 내 잘못이었기 때문에 죄송하다는 말 밖에 뭐라고 할 말이 없었다. 잘못을 인정하고 사과를 하니 조금 마음이 풀리셨는지 내가 왜 그랬는지에 대해서 이야기를 듣고 입을 떼셨다.

"허허허, 미스터 안, 일정을 미리 말하지 않은 것에 대해서는 미안하게 생각해요. 우리 스와지는 일을 공유하지 않습니다. 한국에서는 어땠는지 모르지만 우리는 최소한의 인원, 담당자가 일을 합니다. 많은 사람이 일하면 힘들잖아요. 교감 선생님도 학부모님도 그리고 대다수 선생님도 모르는데 왜 선생님만 특별히 알려고 하십니까? 그렇게 일하고 싶어요?"

우리 친해요 ◀
존경하는 교장선생님과^^

　선뜻, 일한다고 할 수 없었다. 이곳에 있는 나름의 질서를 깨트리고 싶지는 않았기 때문이다. 교장 선생님께서는 일하시는 선생님을 응원해주시고 선생님은 그냥 학생들과 같이 수학 여행을 즐기면 된다는 말을 하고 다시 방으로 돌아가셨다. 좋게 보면, 힘든 일로부터 배제해주고 학생들과 함께 수학 여행을 즐기라는 학교 측의 배려였다.

　언제부터인지 모르게 나에게 있었던 '다 같이 공평하게 일을 해야 한다'는 생각은 이곳에서 걸림돌이 되고 있었다. 그러고 보니 수학 여행뿐 아니라 많은 학교행사에서도 모든 선생님이 일하지는 않았고, 특히 2~3년 차 된 선생님들이 주로 맡아서 일하고 있었다. 그들은 나를 소외시키는 것이 아니라 오히려 쉬라며 배려를 해주고 있는 것이었다. 그로 인해 쌓였던 오해들이 모두 풀렸고 그들의 일하는 방식을 이해하고 존중하게 되었다. 나는 교감 선생님처럼 그리고 다른 오래된 선생님들처럼 대접을 받는 것이었

다. 그런 것도 모르고 화를 내고 있었다니 지금도 그때를 생각하면 자다가
도 이불을 찬다.

"그런 것도 모르고 죄송합니다."

그래! 그냥 즐기자!

Big Head

학생들은 다양하다.

나는 학생들을 별명으로 부르곤 한다. 별명을 부를 때는 주의사항이 있다. 만약 학생이 싫어하는 의사를 표현하면 다시는 그 별명을 불러서는 안된다는 것이다. 이것이 학생들에게 내가 지킬 수 있는 최소한의 예의였다.

스와지에는 특히 기억에 많이 남는 학생들이 있다. 실제로 얼굴이 커서 'Big head', 시험 볼 때 다리에 적어놓고 커닝해서 'Tatoo girl', 평균 60점인 시험에서 3점을 맞아서 'Three point', 웃기게 생겨서 'Funny guy', 눈이 예쁘다며 'Beautiful eyes' 등 다양한 별명으로 스와지 학생들을 불렀다. 교실에서 별명을 부르면 학생들의 반응이 참 재미있다. 주변에서는 배꼽이 빠지라 웃고 본인들도 재미있는지 웃어, 웃음이 가득한 교실이 되었다. 상처 받을까 하는 걱정은 잠시 웃고 즐기는 학생들의 모습에 걱정은 어느새 사라졌다.

이곳 선생님들이 부르는 별명은 더욱 가관이었다. 뚱뚱해서 'Drum' 말라서 'Stick'으로 학생들을 불렀다. 충격적인 'Drum'과 'Stick'. 어떻게 학생들의 몸매를 보고 그것으로 별명을 부를 수 있는가? 그것도 여학생들에게. 그러나 스와지에서는 흔한 농담이었다. 참고로 이곳에서는 드럼 같은 스타일이 인기가 많았다. 그래서 스와지 여성들은 엉덩이를 더 크게 보이려고 패드를 착용하기도 했다.

"애처럼 'Drum'? 아니면 재처럼 'Stick'?" 하며, 선생님들과 학생들은 종종 나의 이상형을 묻는다. 만약 우리나라에서 그랬다면 상처를 받을지도 모르고 신고까지 했을지도 모른다. 그러나 미의 기준과 생각이 달랐던 이곳에서는 이상하게 받아들이는 나를 오히려 이상하게 생각했다. 나는 소심하게 대답했다. "미디움⋯⋯."

Funny guy는 약간 곱사등이였다. 목을 앞으로 빼고 다니며 등이 굽어 있었다. 하지만, 항상 웃으면서 다니고 그 반의 분위기 메이커라서 붙여준 이름이다. 그 학생이 나에게 물었다.

"왜 나를 Funny guy라고 불러요?"
"재미있게 생겼으니까"
"내가 웃기게 생겼대! 꺼이꺼이꺼이."
하며 친구들과 폭소를 하고 교실은 웃음바다가 된다. 어느 날은 항상 즐거운 Funny guy가 친구들과 함께 수돗가 옆에서 시무룩하게 앉아 있었다. 왜 그러냐는 말에 학교에 수업료를 내지 못해서 학교에서 집에 가라고 했다고 한다. 그러나 Funny guy는 학교에서 주는 무료급식을 먹고 가기 위해 점심시간을 기다리고 있었다. 나는 아무것도 해줄 수 있는 것이 없었다. 급식을 기다리는 동안 그들과 이야기하면서 웃으며 시간을 보내는 것이 전부였다. '아무리 그래도 수업이 우선이 되어야 하지 않을까?' 하는 생각이 들면서도, 학교에서도 이들에게 많은 시간을 줬을 것이고, 집에 보내는 방법이 어쩌면 학교에서 할 수 있는 마지막 조치였는지 모르는 것이었다. 이 질서를 어지럽힐 수 없었기 때문에 앉아서 '공부 열심히 해, 돈 많이 벌어야지!' 하며 이들에게 공부해야 할 이유를 말했다. 조용히 고개를 끄덕이며 'Yes, sir!'을 외치는 Funny guy의 얼굴은 슬퍼 보였다. 다행히도 Funny guy를 포함해서 그곳에 있던 학생들은 이후에 학비를 내었는지 내가 떠날 때 "잘 가" 하며 손을 흔들어 주었다.

"Big head, Tatoo girl, Three point, Funny guy, Beautiful eyes 그리고 함께한 많은 학생들아! 잘 지내고 있는 거지?"

보고 싶다.

1 Big head(왼쪽)와 함께
2 Funny guy와 함께
3 내가 인정한 Beautiful eyes
4 Three Point(왼쪽 두 번째) 와 Eight Point(가운데)

학생들에게 화냈던 날

학생들은 나를 늘 즐겁게 해주지만은 않았다. 때로는 화나게 하기도 했다. 그리고 외친 한 마디, "Fallow me."

가장 하고 싶지 않았던 말을 했던 날이다.

잠을 설쳤던 어느 날, 그 당시 학생들의 요구로 한 단원을 몇 주째 반복하고 있었다. 학생들이 어려워하는 단원이라 이해는 되었지만, 마음속에 조금 답답한 무언가가 있었다. '조금만 노력하면 풀 수 있는데, 조금만 더 신경 쓰고, 숙제도 잘해온다면 할 수 있을 텐데' 생각을 하며 칠판에 적고 있었다.

시끄러운 소리에 뒤로 돌아보니, 필기하지 않고 짝꿍과 떠드는 학생이 눈에 띄었다. "필기해야지?" 라고 말하는 나에게 다 쓰면 적는다고 말하는 당찬 학생이었다. "지금 써라." 라고 말에 그 학생은 표정이 굳어지면서 필기를 하는 척 했다. 판서를 다 하고 교실을 돌아다니면서 학생들의 공책을 확인하고 있었다. 떠들던 학생의 공책에는 아무런 필기가 되어있지 않았다. '왜 하필이면 그 학생이었을까?' 화가 나서 앞으로 나오라고 했다. 그러나 그 학생은 나오지 않고 웃고 있었다. 몇 번을 이야기했는데도 나오질 않자,

칠판지우개를 들고 던지는 척을 하니, 그제야 앞으로 나왔다. 그리고 "Go out! 밖으로 나가서 창문 앞에 서 있거라"라고 말했다.

교실 안의 학생들에게 문제를 내주고, 문제의 그 학생과 이야기를 하려고 밖으로 나가보니, 학생은 울타리 밖으로 나가고 있었다. 이리로 빨리 뛰어오라고 외쳤는데 느긋하게 걸어오는 모습이 나를 더 화나게 했다. 지금 나를 가지고 장난치냐며 학생의 옷을 잡고 운동장 가운데에 서 있으라고 앞뒤로 흔들었다. 수업하던 선생님들이 흔드는 모습을 보고 내가 학생에게 폭력을 행사한다고 생각했는지 뛰어나오며 "미스터 안, 이러면 안 돼!" 하며 나를 진정시키려 했다. 괜찮다며 다시 교실로 돌아와 흥분한 감정을 겨우 억누르며 다시 수업을 이어 나가려는 순간, 한 학생이 갑자기 소리를 쳤다.

"교장 선생님께 지금 보고하세요!
"수업 끝나고 할 거니까 조용히 해라."
"지금 당장 하세요!"
결국 그 학생도 교실에서 나가라고 했고, 학생은 기다렸다는 듯이 나가며 문을 쾅 소리가 나게 닫았다. '내가 어떻게 할까?' 하는 눈으로 보며 나를 바라보던 학생들의 눈동자가 잊히지 않는다. 등에서는 식은땀이 흐르고 있었고, 어떻게 해야 할지 몰랐다. 아무런 생각이 안 나는 상황 속에서, 어떻게든 정신을 차려야 했다.

'아프리카 학생들과 잘 어울리고 그들에게 과학을 가르치기 위해 나는 이곳에 있는데 나는 지금 잘하고 있는 건가?'는 생각에 내가 흔들리고 있음이 느껴졌다. '아무리 그래도 이대로 수업을 마치면 안 된다. 태연하게, 아무렇지도 않게 마무리하자. 프로답게! 그리고 입을 뗐다. 목소리가 떨리고 있었다.

"나는 숙제 안 해오고, 지각하고, 시험 못 보는 것은 이해하고 용서할 수 있다. 그러나 예의 없는 것은 절대 용서하지 못한다." 그 학생들에게 화를 낸 이유를 설명하고, 선생님에 대한 존중이 가장 중요하다며 예의 없는 행동으로 선생님과의 관계가 완전히 틀어지게 되면 너희가 선생님이 정말 필요할 때 옆에 없을 수 있다고 말했다. 이 이야기는 100% 나의 경험에서 나오는 이야기다. 나의 어릴 적 철없던 시절에 했던 실수를 이곳 학생들이 하지 않았으면 하는 마음에 그러지 말라고 호소했다. 몇몇 학생들은 나의 마음을 알았는지, 그 학생들은 문제가 많다며 나를 위로해주기도 했다.

수업이 끝나고 교장 선생님께 수업시간에 일어난 일을 모두 이야기를 했다. 그녀는 괜찮다며 나를 위로해주었고, 결국 그 학생들은 부모님을 모셔오고, 학생은 많은 동기 앞에서 나를 혼낸 것이 많이 창피해서 반항했다고 했다. 죄송하다며 사과를 하고 학교에 반성문도 제출했다. 다음에는 그러지 않고 남은 시간 동안 잘 지내보자며 훈훈하게 마무리가 되었다.

스와지 학교에서 가장 힘든 순간은 학생들과의 소통이 잘 안 될 때였다. 나는 절대로 학생들을 귀찮게 하려고 숙제를 내주고 수업을 하는 사람이 아니다. 이런 마음을 모르고 나를 귀찮고, 어렵고, 짜증 나게 생각하는 학생들을 대하는 것이 참 힘들고 어려웠다.

이런 일이 또 일어나지 않았으면 한다.

"사랑한다 애들아……."

 4DV 반 학생들
 1DV 반 남학생들
 4MM 반 학생들

학생이나 선생님이나 학교에서 가장 기다리는 방학이 찾아왔다.

스와지에서 방학식은 'Opening day' 라고 불린다. '학교가 열린다'라는 의미로 학생과 선생님 부모님 학교의 모든 구성원이 참여하는 특별한 날이다. 서로에게 귀찮을 수 있지만 꼭 필요한 시간이었다.

'Opening day' 때 그 학기의 성적표를 나눠 주는데 받는 방법이 특이했다. 먼저 집에서 부모님이든 형이든 가족 중 한 사람을 데리고 와야 했다. 그리고 자신이 듣는 모든 과목 선생님께 사인을 받아야만 학생들은 성적표를 받을 수 있었다. 이렇게 학생들은 성적표를 받기 위해 몇 가지 미션을 수행해야 했다. 사인을 받을 때 학생과 부모님은 담임 선생님뿐 아니라 담당 과목 선생님도 만난다. 그 시간 동안 부모님은 내 아이가 수업시간에 어떤지 더욱 자세하게 이야기 나누게 된다. 동시에 선생님들은 수업에 들어가는 모든 학생들을 기억하고 있어야 했다.

Opening Day, 당일 교실 한쪽 구석에 책상을 놓고 학생들을 기다렸다. 사인을 받기 위해서 학생과 부모님이 찾아오면, 수업에서 그 학생의 태도에 대해 이야기 하고 학생에게는 앞으로 '어떻게 하겠다'는 각오를 듣고 나서야 사인을 해주었다. 부모님과 이야기 하고 있으면 학생들이 옆에서 좋은 이야기만 해달라고 눈으로 신호를 보낸다. 부모님은 아이가 활달한 성격인지 조용한 성격인지 알아야 하기 때문에 지켜 봐왔던 사실대로 부모님께 말씀 드렸다. 모든 소란을 피우는 아이가 나쁜 것은 아니다. 그 나이 때는 당연히 놀고 싶고 떠들고 싶은 시기이기 때문이다.

갑자기 지난번 과자 먹다 걸린 학생이 찾아왔다. 이따가 부모님이랑 올 건데 잘 이야기해달라고, 아니면 집에서 맞는다며 간곡하게 부탁을 했다. 앞으로 열심히 하라는 의미에서 그 부모님에게는 수업에 적극적이고 활달한 학생이다. 그리고 먹을 것을 정말 좋아하는 학생이라는 이야기를 했다. 부모님은 이미 자신의 아이가 말썽꾸러기라는 것을 알고 있다며 감사하다는 이야기를 해주었다. 무사히 넘겨서 다행인지 학생은 조용히 "땡큐"라고 속삭이고 부모님과 손을 잡고 나갔다.

부모님과 함께 상담하면서 가장 힘들었던 순간은 성적이 나쁜 학생이나, 수업 태도가 불량한 학생을 상담하는 것이 아닌, 기억이 날 듯 말 듯 한 학생을 상담하는 것이었다. 그 학생에 대해 할 말이 없는 것이 가장 큰 어려움이었다. 성적을 보고 숙제를 잘 해오고 조금 더 관심을 둔다면 좋은 성적을 받을 수 있을 것이라며, 뻔한 이야기로 마무리를 했지만 미안한 마음이 들었다. 한국에서 학생에 관한 이야기를 몇 마디의 문장으로 적고 우편으로 보내는 것에 적응되었던 나에게는 이 시간이 힘든 시간 임과 동시에 반성하게 되었던 시간이었다.

그날 이후, 학생들이 지금 어떤 상태인지 부모님들에게 이야기해주어야 한다는 생각과 교사로서의 책임감으로 수업에 들어갈 때마다 한 명씩 관심을 가지고 지켜보았다. 간혹 학생들이 뭘 그렇게 빤히 쳐다보냐고 물어보곤 했지만, 안 봤으니까 필기나 열심히 하라며 둘러대곤 했다.

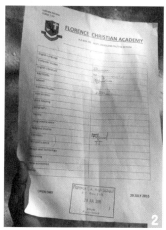

 상담을 받고 있는 부모님
 학생들이 사인을 받아야 하는 종이

스와지의 Final 시험을 준비하며 감탄을 금치 못했다.

한국과 확실히 달랐고, 개인적으로 한국에서도 이렇게 시험 봤으면 하는 생각이 들었다.

중고등학교에서 시험은 크게 고등학생이 되기 위한 시험 J.C_{Junior} Certification와, 대학생이 되기 위한 시험 SGCSE_{Swaziland General Certificate of Secondary Education}로 2가지가 있었다.

Paper 1	Multiple choice 객관식
Paper 2	Core 단답형
Paper 3	Extend 서술형
Paper 5	Practice Test 실험
Paper 6	Alternative to practical 실험응용

스와지에서는 한국의 수학능력시험처럼 객관식 또는 단답형으로만 시험을 보는 것이 아니라 다양한 형식으로 학생들의 성취도를 평가하고 있었다. 특히 과학 과목에는 총 5가지 형식으로 시험을 치렀고 모두 학교 상황

에 맞춰서 시행되었다. 참고로 우리 학교는 5가지 중에 Paper 1, 2, 5를 선택해 3가지 형식으로 과학 시험을 치렀다.

시험 보는 과목이 많고, 보는 시험지의 종류도 다양하니, 시험 기간은 당연히 길었다. 시험 출제 기간 약 2주, 학생들 시험 보는 기간은 3주 정도. 스와지 학교에서는 시험을 보는 데만 5주를 투자했다. 긴 시험기간 탓에 마지막 학기 11월에 수업은 거의 없었고, 선생님들은 시험문제를 내고, 학생들은 자습하는 데 많은 시간을 보낸다. 수능 한 달 전의 교실 모습과 비슷했다.

한국에서보다 더 많은 시험문제를 내야 했기 때문에 시간이 많이 필요했다. 다양한 유형의 시험들이 학생들을 더욱 정확히 평가하는 데 도움이 되는 것은 확실했다. 이렇게 스와질란드에서는 학생들의 성취도를 더욱 자세히 알아볼 수 있었다. 시험시간에는 학년을 섞어서 커닝하지 못하도록 평소보다 엄격하게 감독을 했다. Final 시험에 커닝하다 걸리면, 유급 처리가 되어 대학에 가지 못하기 때문에 학생들도 진지하게 임했다.

그에 비해 학기마다 보는 중간고사와 기말고사는 감독을 심하게 하지 않아서 학생들은 커닝을 자주 했다. 몸에 적어오는 학생, 엄청나게 작은 글씨로 적어놓은 커닝 페이퍼, 때로는 스와질란드어로 소리를 내어서 내가 알아듣지 못하게 답을 이야기해주는 등 다양한 방법으로 커닝하곤 했다.

시험지를 만드는 것은 모두 선생님의 몫이었다. 인쇄된 페이지를 모두 모아서 하나의 시험지로 만들어야 했다. 한 시험의 시험지는 12장이 넘어가기도 했고, 그 시험을 보는 학생 수는 80명이어서 만든 시험지를 준비하는데도 많은 시간이 필요했다. 또한, 채점도 선생님이 직접 한다. 객관식은 답지가 있어서 채점하기에 편했지만, 주관식은 학생의 시험지에 직접 채점했다. 제출한 시험지는 학생들에게 다시 돌려주지 않아서 학생들은 무엇이 틀렸는지 모른 채 점수만 확인할 수 있었다.

객관식 채점은 상당히 재미있었다. 답지에 구멍을 뚫어서 빨간색 펜으로 선을 긋고 그곳에 답이 있으면 점수가 올라가고 없으면 점수가 인정되지 않았다. '모르면 다 색칠해라'라고 이야기했던 나의 초등학교 시절과 함께 한국의 OMR 카드가 많이 생각이 났다. 주관식과 서술형의 경우 모두 읽고 점수를 주어야 했기에 시간이 객관식 채점보다 훨씬 오래 걸렸다. 합격하는 학생들이 많았으면 하는 마음으로 부분 점수를 많이 주었는데도 불구하고 절반도 통과하지 못해서 안타까웠다.

공부하느라 조용했던 학교는 Final 시험 전날 학생들은 시험을 치루기 위한 준비를 하느라 분주하게 움직였다. 청소 시간에 책상을 칼로 긁어서 낙서를 모두 지우고 선생님께 검사를 받고 나서야 집에 갈 수 있었다. 그리고 다음 날, 그동안 했었던 공부의 열매를 수확하기 위한 3주간의 긴 시험이 시작되었다.

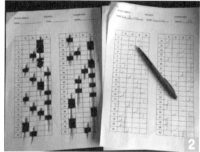

1 기말시험 준비!
2 Paper 1을 채점하는 중.
3 시험 감독

'정말 앞에서 보면 다 보인다.'

학창시절, 선생님이 저런 이야기를 하면 거짓말인줄 알았는데 직접 앞에 서보니 누가 커닝을 하는지 안 하는지 그리고 고개를 숙이고 있는데도 눈은 어디를 보는지 심지어 문제를 풀고 있는지 다른 생각을 하고 있는지까지도 알 것 같았다. 커닝하다가 걸렸을 때 학생들은 짜증 나겠지만, 잡아야만 하는 나도 마음이 아팠다.

'안 걸리게 하든가……'

학기 시험 때 커닝을 하다 걸린 학생을 실제로 0점 처리를 하기도 했다. 그 학생은 눈물을 보이며 한 번만 용서해 달라고 이야기를 했지만 공정성을 위해서 어쩔 수 없었다. 학기 초에는 채점한 다음에 시험지를 학생들에게 돌려주고 정답을 불러주었다. 답을 다 불러주고 나면 학생들은 자신의 시험지를 들고나오며 채점이 잘못되었다고 가져온다. 그 학생들은 내가 답을 불러줄 때를 기다렸다가 고쳤던 것이었다. 정말 교묘하게 c를 d로 바꿔놓거나, 일부로 빈칸으로 제출해 나중에 적는 치밀함도 있었다. 한 명, 두 명까지는 내가 실수했나 하는 생각이 들었는데 5명이 넘어가니 무언가 이상한 느낌이 들어서 고쳐주지 않았다. 계속해서 고쳐 달라고 요구했지만 나는 단호하게 고쳐주지 않았다. 그 이후에는 이야기해도 소용이 없다는 것을 알았는지 더는 나오지 않았다.

한 한국 선생님은 채점한 시험지를 모두 카메라로 사진 찍어 놓은 다음에 시험지를 나눠주고 답을 불러주었다고 한다. 학생들은 예전과 같이 채점이 잘못되었다며 손을 들었고, "만약 내가 채점 잘못한 것이 아니면 5대 때리고 0점 처리할 거다"라고 말했는데도 손을 내리는 학생이 없었다고 한다. 그중 한 명을 불러서 시험지를 비교해본 결과, 역시나 그 학생이 거짓말을 했다. 그리고 5대를 때리고 0점 처리하고 "또 누구 검사해줄까?" 하니 아무도 손을 들지 않았다고 한다. 그때부터 느꼈던 것 같다. 스와지 사람들은 아무렇지 않게 그리고 들킬 때까지 거짓말한다는 것을.

커닝하는 학생들을 보며 이곳 학생들에게도 시험에 대한 스트레스가 많은 것처럼 보였다. 그렇기에 커닝도 했을 것이고 거짓말을 해서라도 점수를 올리려 했을 것이다. 그런 학생들이 안타까워 어느 날은 잔소리를 했다.

"시험은 우리의 성장을 위해서 꼭 필요한 것이다. 그러니 누군가보다 잘 볼 필요도 없다. 그냥 단지 시험은 내가 아는 것이 맞는지 아닌지를 확인하는 시간이다. 커닝하지 말고 모르면 적지 마라. 그것이 너희가 더 크게 성장하도록 한다."

학생들이 시험으로부터 자유로워졌으면 한다.

경쟁이 아닌 확인해보는 시간임을 알길 바라며.

1 시험을 보는 학생들
2 God Look FCA

스와질란드에서 분필을 들다

시험성적이 낮은 이유
....

이곳에서 과학을 가르치면서 시험을 자주 보려고 했다. 잦은 시험이 그 학문에 대해서 접하는 시간이 많아지게 되고 배운 것을 더 잘 기억하는 좋은 방법이라는 생각에서였다. 처음 시험을 봤을 때는 나름대로 적당한 난이도로 시험문제를 만든 것 같았는데, 결과는 100점 만점에 평균점수 27점이었다. 참고로 50점을 기준으로 'Pass'과 'Fail'으로 그 과목의 합격 여부가 정해지는 스와질란드는 절대평가로 학생들의 성적이 결정되었다.

27점이라는 낮은 평균점수에 충격을 받았다. 수업하며 지켜보는 학생들은 분명히 모두 공책에 필기를 잘했고, 고개를 끄덕이면서 대답을 하기에 모두 이해했다고 생각했다. 그러나 결과를 보고 '이 모든 게 연기였나?' 하는 생각마저 들었다. 대부분 수업시간에 졸지도 않고 필기도 잘했는데도 불구하고 시험점수가 낮은 것으로 보면 어쩌면 시험이 어려웠을지도 모른다는 생각에 다음 시험은 기억을 확인해 볼 수 있는 문제들을 만들었다. 이런 유형의 문제들은 쉬운 것이 아니라 시험에 관심을 두고 준비를 하기만 한다면 모두 풀 수 있는 유형이다. 그 시험은 전 시험보다 평균이 15점 정도 올랐고, 전 시험과는 달리 50점이 넘는 합격자들도 생겨났다. '좋아! 이제는 응용시험문제도 풀 수 있을 거야.' 하며 성장해나가는 학생들이

▶ 학교 끝나고
집에 땔감을 옮기는 학생들

조금씩 기대되었다. 이제는 중학생이니 암기하는 것을 넘어서 아는 지식을 이용할 줄 알아야 했다. 또한, 과학은 암기하는 과목이 아닌 이용하고 적용하는 과목이라는 것을 보여주려는 생각으로 세 번째 시험을 봤지만, 나의 기대와는 달리 또다시 모두 낙제라는 참담한 결과를 얻었다.

그 동안 학생들을 지켜보고, 시험성적이 낮은 이유를 생각해 보았다. 먼저는 학생들의 문제이다. 시험이 있다고 해도 학생들은 공부하지 않았다. 그러니 당연히 점수가 좋을 리가 없었다. 게다가 대부분 학생은 어떻게 공부를 해야 할지 또 무엇을 공부해야 할지 정확하게 모르고 있었다.

그다음의 문제는 학생들을 둘러싼 환경에 있었다. 왜 공부를 안 하느냐는 물음에 학생들은 집에서 공부할 수 없다고 이야기를 자주 한다. "소에게 여물 주어야 한다", "밥을 해야 하고, 청소해야 한다", 심지어 "아기를 돌봐야 한다"며 집에서는 공부할 수 없다고 했다. 게다가 교과서가 없어서 수업이 끝나면 그 과목을 스스로 공부할 수조차 없었기 때문에 학생들은 오직 학교에 있는 동안에만 책을 보고 공부를 하고 있었다.

이 두 가지 문제를 해결해야만 학생들의 성적에 변화를 줄 수 있을 것 같았다. 무언가 특단의 조치가 필요했다. 어떻게 해야 할까?

공부하지 않는 학생, 그리고 공부할 수 없는 환경.
두 문제를 해결하기 위해 어떻게 해야 할까?

먼저, 공부하지 않는 학생들에게는 조금이나마 흥미를 갖게 하기 위한 특별수업을 준비했다. 실험 수업과 발표 수업 그리고 여러 가지 활동 수업을 통해서 학생들이 직접 해보고 능동적으로 참여할 수 있는 수업의 빈도를 높였다. 동시에 못하는 학생에게 벌을 주기보다는 잘하는 학생에게 확실한 보상을 제공했다. 이곳 학생들이 가장 좋아하는 것은 'Sweet(초콜릿)'이다. 1등에게는 조금 비싼 'Sweet'를, 2등과 3등에게는 보통 'Sweet'를 제공해서 조금 더 관심을 갖도록 했다. 또한 단원이 끝날 때마다 학생들이 직접 마인드맵을 그리도록 해서 정리할 수 있는 시간을 갖고 다 그린 후에는 조별로 반 친구들에게 직접 설명하는 시간을 통해 조금 더 잘 기억할 수 있도록 했다.

그러나 더 큰 문제는 학생의 환경에 있었다. 내가 바꿔줄 수 있는 문제가 아니었기 때문이다. 그렇다고 학생들을 집에서 아무것도 할 수 없는 채로 내버려둘 수는 없었다. 집에서 할 수 있는 가장 간단한 숙제인 '보고 써오는' 숙제를 내주었다. 한 단원이 끝날 때마다 단원 요약 프린트를 만들어서 그것을 똑같이 써오는 숙제, 학생들은 그런 숙제를 'Copy'라고 부르고 있었다. 그렇게 시험을 준비하도록 했다.

그렇게 하니 정말 감사하게도 50점이 넘어 합격하는 학생들이 눈에 띄게 많아지고 최고점수 85점을 받은 학생도 있었다. 점수가 높아짐에 따라 학생들의 얼굴에는 미소가 가득해지고 나에게 점수를 잘 받았다며 자랑을 하는 모습에 흐뭇해졌다. 한편으로는 여전히 관심과 도움이 필요한 학생들은 있었지만, 조금씩 달라지고 있는 모습을 보며 힘을 얻었다.

참 다행이었다.

시험점수가 모든 것을 이야기해주지는 않지만 학생들은 '노력하면 만족하는 결과를 얻는다'는 것을 학생들이 직접 느끼고, '아! 정말 하면 되는구나!' 하며 자신감을 얻어 가는 모습에 나도 학생들처럼 기뻤다.

처음에는 '선생님으로서 외국 학생들을 맡는다는 것이 오히려 안 좋은 영향을 끼치는 것은 아닐까?' 하는 걱정을 했다. 내가 다른 선생님들에게 고민을 이야기 할 때마다, 그들은 "내 수업에서도 공부 안 해! 하던 대로 열심히 해!"라고 말해주었다. 그 말은 나에게 정말 큰 힘이 되었다. 그리고 나름의 방법으로 성적이 오르는 것을 눈으로 확인하니 내가 이곳에 온 것이 그래도 '그렇게 나쁘지만은 않겠다'라며 스스로 위로했다.

학생들에게 "그래, 너희도 할 수 있다! 열심히 하니까 되잖아"라고 말했다. 합격을 받은 학생들도 "예에!" 소리 지르며 좋아했다.

스와질란드뿐 아니라 어느 곳이든 학생들에게는 외국인의 수업에 적응하는 시간이 필요할 것이다. 내가 있었던 스와질란드는 학교 밖에서는 공부할 수 있는 환경이 아니었다. 그렇다고 포기하고 싶진 않았다. 이들 스스로 공부할 수 있게끔 무언가 해보고 싶었다. 이런 그 고민이 학생들에게 성취감을 느끼게 해주었다고 생각한다.

애들아,
'스스로 공부를 하지 않으면 배울 수 있는 것이 없다.'
그리고 '하면 (언젠가는) 된다!'

1 마인드맵을 그리고 있는 학생들
2 시험 점수가 많이 오른 학생들을 격려
3 발표하고 있는 학생과 떠들어서 일어서 있는 학생

특별한 선물

....

떠나는 날이 점점 다가오고 있었다.

돈이 들더라도 이들에게 무언가 기억에 남는 선물을 해주고 싶었다. '어떤 선물이 좋을까?' 하는 고민도 잠시, 내 얼굴을 선물하기로 했다.

내 얼굴이 잘생겨서가 아니다.

외국인이 올까 말까 한 오지인 이곳에서, 누군가에게 나는 처음으로 본 외국인이었을 것이다. 오랫동안 볼 수 있으면서 보면 생각나는 사진을 선물하고자 했다. 마침 스와질란드의 한인 사진관에서 사진으로 장식된 달력을 제작할 수 있었다. 함께 찍은 사진이 있는 달력을 선물하면 달력을 보며 나를 기억할 수 있을 것 같은 왠지 좋은 선물이 될 것 같았다. 또 선물이라는 핑계로 한 명씩 사진을 찍으며 카메라에 그들을 모두 담고자 했다. 그때는 그것이 고생길인 줄 몰랐다.

전교생을 사진을 찍으며 잠시 나는 사진 기사가 되어있었다. 선생님과 학생들 그리고 학교 직원들을 포함해 모두 사진 찍어야 하는 인원이 300명이 넘었다. 하루 만에 거뜬히 찍을 줄 알았던 사진은 일주일이 넘게 걸렸다. 개인 전체 사진, 나와 함께 셀카 총 두 종류의 사진을 찍으면 끝인데도 한 반(평균 35명)을 찍는데 약 2시간과 함께 엄청난 에너지가 소모되었다. 점심시간이나 학교가 끝난 이후에는 학생들은 집에 가야 했기 때문에 사진을 찍을 수도 없었다. 수업시간에는 수업을 해야 해서 수업이 없는 시간이 아니면 동료 선생님의 양해를 구하고 난 다음에 찍어야 했다. 학생들은 역시 학생들이었다.

"보여주세요.", "다시 찍어주세요.", "또 찍어주세요."

학생들은 친한 친구들과 찍고 싶어 했고, 원하는 장소와 원하는 포즈가 있었다. 다양한 요구사항들 때문에 시간이 지체되고 내 피곤함도 쌓여만 갔다. 그렇게 덥지 않은 날씨임에도 이마와 등에서는 땀이 흐르고 있었다. 새삼 초, 중, 고등학교 졸업사진을 찍는 분들에게 대단하다며 박수를 보내고 싶었다. 그래도 즐거워하며 포즈를 취하는 학생들을 바라보면 웃음이 터졌다. 모두 찍고 학생들에게 주는 날을 생각하며 다시 힘을 내서 카메라를 들었다.

모두 찍고 난 다음에는 출석부를 펴고 Big head의 도움으로 컴퓨터에 모든 사진을 학생의 이름으로 저장했다. 조금 번거로웠지만 이름도 함께 기억하고 싶었기 때문이었다. 한 명도 빠짐없이 모든 학생을 찍고 싶었는데 사진 찍는 것을 원하지 않는 학생도 있었다. 혹시나 해서 몇 번 다시 권유

▶ 289명의 학생,
선생님들과 직원들

하기는 했지만 그 학생들은 결국 찍지 않았다. 그렇다고 끈질기게 강요하지는 않았다. 찍지 않기로 한 그들의 선택도 존중해 주었다. 그리고 그 선택에 따라서 얻는 결과가 어떤지 느끼게 해주고 싶었다. 학생이라며 마냥 어리게만 보고 다독여만 주는 것이 아니라 자신에 선택에 따른 결과를 통해서 배워 나갔으면 하는 마음이었다. 그래야 미래에 중요한 갈림길에서 현명한 결정을 할 수 있을 테니 말이다. 아무리 그렇게 생각해도 불편한 마음은 어쩔 수 없었다.

드디어 사진 달력은 완성되었고 학생들에게 나눠주었다. 좋아하는 학생들을 바라보며 선물을 잘 주었다는 생각에 뿌듯해졌다. "Thank you, mr. Ahn!", "God bless you!"라는 말을 들으며 그간 땀 흘리며 사진 찍었던 순간들이 보람으로 다가왔다.

"Today is…… and every day is special. Enjoy your life and remember me at least until 2016."

"오늘, 그리고 모든 날은 특별해. 네 인생을 즐기고, 적어도 2016년까지는 나를 잊지 말아 주렴."

선물해 준 2016년 특별한 의미가 되길 바라며, 나를 잊지 않길.

God bless you!

1 선생님이랑 같이 찍을래요!
2 저희도 좀 찍어주세요!
3 선물 인증샷
4 선물을 받고 좋아하는 아이들

아프리카의 학교와 그곳의 학생들은 어떻게 공부하고 있는지 직접 눈으로 보고 싶은 마음에 결정했던 아프리카의 삶.

330일간 선생님으로서 스와질란드에 살면서 모든 것을 느낄 수 없었지만, 많은 것을 느낄 수 있었던 시간들.

분명히 한국과는 달랐던 그들의 삶과 문화. 힘들고 어려운 환경 속에서도 그들은 배움을 놓지 않았다. 학교에 오기 위해서 소를 돌봐야만 했고, 아이를 키워야만 했고, 돈을 벌어야 했지만, 그들은 다시 학교로 돌아와 칠판을 바라보며 책을 펴고 펜을 잡는다. 그런 학생들의 얼굴은 웃음이 가득했다. 그 순수한 웃음에 빠졌던 것 같다.

아프리카는 나에게 그런 곳이었다. 아무리 힘들어도 아무리 어려워도 웃음으로 극복하는 모습을 보여주는 학생들, 선생님들 그리고 사람들을 통해서 나에게 앞으로 닥칠 시련들을 어떤 자세로 받아들여야 할지 가르쳐주었다. 그러나 웃음만으로는 어려움을 극복할 수 없다는 것을 안다.

빛나는 꿈과 확실한 목표가 있어야 힘들고 어려운 환경을 극복할 수 있으리라 확신한다. 나와 함께한 시간들로 인해 그들의 마음의 호수에 돌이 던져졌기를 원한다.

그 돌이 잔잔하고 고요한 호수였던 곳에 물결을 만들어 내고 그 물결이 흐름을 만들어 내어 더 넓은 곳을 향해 나아가는 학생들이 되기를 진심으로 원한다.

2015년의 330일, 그들과 함께했던 시간이 그들에게 의미 있는 돌이 되길 진심으로 바라고 응원합니다.

2016년 겨울
꿈을 이야기하는 선생님